趁年轻，快乐活

王国军 著

今天是你往后日子里最年轻的一天了，
因为有明天，今天永远只是起跑线。

WHILE YOUTH HAPPY TO LIVE

远 方 出 版 社

图书在版编目（CIP）数据

趁年轻，快乐活 / 王国军著.—呼和浩特：远方出版社，2016.11
ISBN 978－7－5555－0794－9

Ⅰ. ①趁… Ⅱ. ①王… Ⅲ. ①散文集—中国—当代
Ⅳ. ①I267

中国版本图书馆CIP数据核字（2016）第298759号

趁年轻，快乐活

作　　者	王国军
责任编辑	云高娃　李　可
出版发行	远方出版社
地　　址	呼和浩特市乌兰察布东路666号　邮编 010010
电　　话	（0471）2236471 总编室　2236460 发行部
经　　销	新华书店
印　　刷	北京富达印务有限公司
开　　本	650mm×940mm　1/16
字　　数	190千
印　　张	13
版　　次	2016年11月第1版
印　　次	2017年1月第1次印刷
标准书号	ISBN 978-7-5555-0794-9
定　　价	26.00元

目录

第一辑　没有一颗心会因为追求幸福而受伤

两个年轻妻子都能活泼如初，这不能不说是一种奇迹，但我想，是因为有人间真情，有一颗甘于奉献的心，才会有奇迹的发生，用爱去坦然面对灾难，用幸福去感动对方，上帝都会来帮你的忙。

第二辑　把自己埋进芬芳里

每个人在前进的路上都会遇到这样或那样的挫折，但只要有心，并不屈不挠地去奋斗，我相信，即使没风，也可以吹散浮在你眼前的乌云。

第三辑　给对手开一朵绚丽的花

父亲语重心长地对我说:“我想要告诉你，给别人开一朵花，其实也是在灿烂自己的生命本色。同样的道理，我让大家都来开海鲜店，表面上，你像是亏了，但大家只要有序竞争，反而能形成一个品牌，用一个拳头说话，客源当然不足为虑了。”

第四辑　鲜花从来不自卑

她忽然提出要去看花，刚走到山坡上，满山的映山红扑入眼帘，她小心地摘了一朵给他，她说：“你看，鲜花多漂亮啊！它们却从来不自卑！跟我回去吧，重新开始。”说这句话时，他突然哭了，紧紧抱着她。

第五辑 每一朵鲜花都能向阳舞蹈

他紧紧握着我的手，他最后说：“孩子，我还可以像以前那样爱你吗，我能抱抱你吗？”他努力移动着身子，我拼命靠近。

我哭着大声说：“爸，既然你爱得那么坚定，那就用力爱下去。”这么多年，我是第一次喊他爸。

第一辑

没有一颗心会因为追求幸福而受伤

两个年轻妻子都能活泼如初，这不能不说是一种奇迹，但我想，是因为有人间真情，有一颗甘于奉献的心，才会有奇迹的发生，用爱去坦然面对灾难，用幸福去感动对方，上帝都会来帮你的忙。

没有战火，只有友谊

在利比亚班加西的一个小镇上，有一家名叫阳光天使的诊所，它是人们劳累一天后最愿意去的地方。在这里，人们不需要支付任何费用，就能享受到各种所需的医疗服务和心理咨询。

可是最近一段时间，人们却再也兴奋不起来。随着反对派的反攻，战火很快波及这个小镇，一批又一批的伤者被送到这里，由于缺少药物，老板克罗帝只好冒着枪林弹雨去外地采购，好几次都差点丢了性命。但是他还得继续下去，为了父亲去世前的遗愿，竭尽所能地去帮助那些没钱医治的穷人兄弟。

为了采购，他只好把诊所交给新聘请的一个员工打理，但他是新手，经常打针扎错位置，这让病人们无法适应，可是大家只能等下去。这也在克罗帝的意料之中。

等他回到小镇，果然发现朋友们焦急的眼光差点要把他融化了，一个病人说："克罗帝，我们都还以为你怕死，跑了呢。"克罗帝看着诊所的招牌笑着说："这里是我家，我的根，我想走，也走不了啊。"

正说着，门外传来一阵炮火声，接着便是杂乱的脚步声，有人高喊着，反对派攻进城了，大家快逃啊。诊所里正在接受治疗的几个政府军士兵，脸霎时变得苍白，大家挣扎着站起来，想离开这个已经变得危险的城市。

克罗帝示意他们坐下，淡淡地说："我不管你们是为了谁打仗，可是现在，我是医生，你们都是我的病人，得听我的指挥。”然后冷静地走到门口。

不久，一大队荷枪实弹的反政府军跑了过来，后面还抬着几副担架。一个军官模样的青年人走上前来说：“你是医生吧，请救治我的兄弟，钱我不会少你一分。”

克罗帝笑着说：“来这里的都是我的兄弟，既然是兄弟，分文不收。”

青年人向他敬了个军礼，然后指挥着战士把伤员抬进去，当他看见诊所里那几个政府军时，瞬间变了脸，匆忙掏出枪，还没等他扣动扳机，克罗帝便一把抢过枪，将枪口对准了自己的额头，冷静地说：“我已经说过，这里都是我的兄弟，你要向他们下手，就先打死我。”

青年人面色通红，没有说话。也许是觉察到了诊所的异常气氛，附近的居民提着菜刀和锄头也纷纷跑过来，一个十五岁的孩子拍着胸脯说：“克罗帝是我们镇上的大好人，他办诊所已经二十年了，从没收过我们一分一厘，谁要是和他作对，就是整个班加西的敌人。”

让克罗帝意想不到的是，接下来的两天里，两个阵线的人再没有针锋相对，大家都坐着，聊起自己的家庭和对战局的看法。也许明天他们在战场上依然会斗得你死我活，但今天他们至少是无所不谈的兄弟。

所有的伤员在离开时，都会恭恭敬敬地朝诊所敬礼，之后相当长的一段时间里，大批不同阵营的伤员和药物被源源不断地送到这里，但所有的人都会在进入诊所五百米的范围内，收起枪支，甚至还有双方士兵一起主动执勤。

不久后，在诊所的门口树立起一块牌子，上面写着：这里没有战火，只有兄弟！下面则布满了密密麻麻的签名……

塞维利亚的雕像

在西班牙西南部的一个名叫塞维利亚的城市里，最近出现了一件怪事，狂欢节后，一尊竖立在城市中央广场的独脚雕塑屡次受到“破坏”，在它缺腿的地方多了一只假脚。很明显，“破坏者”试图让这尊雕像变得完整，但这显然破坏了整尊雕塑的美和意境。

人们拆了几次，但一段时间后，雕塑又重新被装上了假脚。

雕像纪念的是一个叫皮尔的残疾人，当第一次世界大战爆发时，这座城市遭到了敌人的血洗，大批的老弱病残被敌人逼到这个广场上，就在敌人准备大肆屠杀时，一个叫皮尔的残疾人，硬是借着夜色掩护，凭借精湛的枪法，射杀了大批守卫，杀出了一条逃生的道路，而在保护乡亲撤退的过程中，他壮烈牺牲，事后，人们为了缅怀他，便立碑纪念。

警方介入调查，很快就锁定了一个叫埃塔尔的小男孩，自五年前他因车祸断了一条腿后，埃塔尔的性格变得古怪起来，沉默寡言，还经常做些让人无法理解的事。

前些日子，有人看见埃塔尔经常在雕塑前徘徊。负责这起案件的托雷斯警官决定亲自去会会这个另类的孩子。

一天下午，托雷斯来到了小区门口，他站在门口静静地守候着，半晌后，一个拄着拐杖的小男孩走了过来。“埃塔尔，我在这里等你好久了。”托雷斯不急不慢地说。

小男孩怔了怔：“你认识我，可你是做什么的，找我有什么事？”托雷斯拍拍小男孩的肩膀说：“我啊，我是你的朋友，找你，是来帮你的。”小男孩吃了一惊，下意识地退了几步：“你，你都知道什么了。”

托雷斯点点头说：“我都知道了，孩子，走吧，难道你不打算请你的朋友进去坐坐？”小埃塔尔犹豫了一下，然后带着他走到一间简陋的小屋前，开门，然后说：“请见谅，自从爷爷去世后，家里就没有什么好吃的可以招待客人了。”

托雷斯找了个勉强还算干净的椅子坐下：“我知道你的情况，自从那场意外后，你没有了亲人，日子过得很艰难，而且更重要的是，很多人讥讽你是瘸子。”

小埃塔尔的拳头握得紧紧的，对托雷斯说：“你知道他们是怎么嘲笑我的吗？他们叫我外星人，不让我跟着他们一起玩儿，拿石头和棍子打我，还诅咒我去死。”

“所以，你就把雕像补了一只脚，你不希望这尊雕像继续成为人们的笑柄，可是我想问问，每天广场上那么多人，你是怎么把石膏做的假脚弄上去的。”

小埃塔尔得意地说：“为了这些假脚，我整整准备了一年，趁着深夜，大家不注意，我悄悄溜到雕像旁边，然后就把它接上了啊。”托雷斯大笑起来：“真是个聪明的家伙。可是你不知道吧，这尊雕像之所以被人尊敬，不是因为它的完整，恰恰是因为的它的残缺。”

小埃塔尔愣住了。

托雷斯摸着他的头说：“孩子，这尊雕像纪念的是一个伟大的残疾人皮尔，他虽然只有一条腿，却用这条腿救活了数以千计的人，所以，不要因为你某部分的残缺而怨天尤人，要知道，上帝对每个人都是公平的，收走一只脚，就是让你的另一只脚变得更敏捷。”

小埃塔尔惭愧地低下了头，托雷斯卷起衣袖说：“再让你知道一个秘密，其实我在一场追捕中也断了一只手，但我并没有气馁过，因为我深信，一只手，也能抓捕罪犯。”

从此以后，雕像再也没有出现过被“破坏”的现象，小埃塔尔也潜心投入到他所喜欢的舞蹈中。多年以后，在西班牙首都举行的舞林大会中，一个独脚的少年脱颖而出，一路过关斩将，最终赢得冠军。领奖台上，小埃塔尔身朝家乡的方向，目光坚定而炽烈，因为他相信，一只脚，也能撑起天堂。

人生的三个阶段

小时候，我耳朵里听得最多的就是诚实这个词。父母以此来作为教育子女的良方，老师也拿这个词来作为衡量乖学生与调皮学生的尺度。去外婆家，他们嘴里唠叨的还是这两个字。外婆甚至不厌其烦地给我讲羊和狼的故事。于是，在那个充满童真的年代，我们在马路边捡到一分钱，在教室里捡到一块橡皮头，都会交给老师，不为名，不为利，只为诚实。

大学毕业后，父亲在饭桌上说得最多的就是“勤奋”。他会讲起他当年的故事，他教育我，做人就像建房，需从一砖一瓦开始，只有踏踏实实，把基础打牢，才能建得高、建得稳，人生的路也才能越走越宽。记忆犹新的是非典流行的那年，因为投资不当，我刚开的小店亏了，为了还债，只好在街头摆了个烧烤摊，为了招揽顾客，我想了很多办法，每天都起早贪黑地忙碌。经过一年的努力，我不仅还清了债务，还多了十多万元的存款。

有了子女后，餐桌上出现频率最多的就是爱这个词了。既有对父母的孝顺之爱，还有对儿女的疼爱。日本有个心理学家，曾做了一次调查，选择你生命中最重要的5个人，然后再一个一个去掉，最后剩下的是谁？调查显示，单身人群中，80%会选择父母，结婚育子后，97%会选择孩子。有次，母亲来我家玩，正值快乐大本营播放时间，我和妻子也喜欢看，可最终还是把遥控器交给了孩子。

母亲说，这不公平，说完也笑了。其实，母亲养育我们的时候又何尝不是这样，把最好吃的都给我们，即使是快烂了、霉了，也放在那里。自己不买衣服，专拣儿女的旧衣服穿，每年却舍得把大把的钱花在子女的穿和玩上。现在，我也重复着母亲当年的故事。我曾经问儿子，现在我对你这么好，把好吃的、好看的都给你了，等我老了，你也会这么对我吗？儿子反问，你会后悔吗？

这种念头我是连想都不愿意去想。事实上，我们的爷爷奶奶，父母，我们这一代，还有我们的后代，后代的后代们……明知道两种爱的重要性是不同的，但仍然会前赴后继，只因为这是人世间传承的最婉转流长的温暖，这种温暖，能让子女们抵御一切寒冷和危险，并在爱和阳光中不偏离人生的航向。

生活的乐趣

先说一个大学生，是我姨父的儿子，成绩好，能力也强，毕业之前，还通过了托福考试，就是这么一个前程无限美好的有志青年，毕业后，突然去他叔叔家养起了猪。

一个在城市里长大的孩子，从来没在农村待过，更没养过动物，可想而知，他的困难有多大。但他硬是挺过来了。挖土，砌砖，盖瓦，一幢150平方米的小院，就这样盖了起来。母亲开着小车来看他，看着他手心里满是茧，一张脸晒得黝黑，哭了，母亲说："跟着妈回去吧，我们家不差钱，你何必受这个罪呢。"他却执意留下，他说他人生的乐趣就在这里。

每一天，几乎都与猪为伍，忙的时候，甚至连吃饭都是在猪圈里解决的。

以前的同学，没有一个说他不傻的，出国的前程不要，偏要来喂猪，喂猪能发财吗，一辈子就缩在农村里，这人生还有什么乐趣啊?

听了那些风言风语，男生都一笑置之，三个月后，他的第一批成猪出笼了，因为肉质好、口感强，很快占领了市场。接着，便有不少村民前去询问他饲养的秘诀。他都一一告知，比如怎么最大限度地利用猪圈面积，怎么调配饲料，等等。一年后，他的村子成了远近有名的养猪大村，他也成了赫赫有名的猪王。便有人问他，你当初放弃海外留学的机会，到农村里喂猪，你不后悔?他指着连片的猪圈说，你看，这么多人都因为喂良种猪而发家致富，生活无忧，你不觉得我所做的都是有价值的吗？

男生是真心到农村里去的，男生说：“虽然相比出国，这种工作没有光环，但只要能帮助更多的人摆脱贫困，我就快乐了，我觉得值了。”

再说另外一个朋友，是个修鞋的。摊子就摆在靠河的街道旁。是个男人，腿有点残疾，他有一对儿女。两个都争气，一个在检察院工作，一个自己开了公司，两个人都想接他过去，他不肯。依旧是清早就把摊子摆开了，半夜才回去。男人人缘也算不错，旁边几条街的人，都喜欢找他，有鞋就找他修，没事就找他聊聊天，调侃调侃。基本上一日三餐，都有人喊他过去吃。

他说：“我都在这里待了三十年了，这里的人哪个我不熟悉呢。日子久了，也就有感情了，舍不得走。再说，这里的人也都离不开我，要是我不做了，街坊们想修，至少得走十多里，多不方便啊，所以我就留下了，不是为钱，是为情。”

人的活法有很多种，可以自私的活，慷慨的活，无忧无虑的活，但要想活得有价值，我想，应该是在自己温饱的同时，也能为别人开一朵花，能让越来越多人欢笑颜开。这或许才是人生最大的乐趣所在。

疼痛也是生活的财富

我有一个朋友，家境比较富裕，也很少受苦，刚进大学的时候她有很多美好的愿望，也一直认为自己能够实现，但进入大学后她才发现并不是自己想的那个样子，做什么事情都不顺心，四级没过，兼职做了几天，人家就嫌她专业知识不过关，辞退了她，更要命的是，她高中时的同学，现在的男朋友又另有新欢，离开了她。

于是朋友便感觉非常痛苦，在强大的精神压力下，她一度想到了自杀。

从某种意义上说，人的一生其实是在痛苦的道路上行走，快乐只是达到成功彼岸的刹那，而这个过程也是曲折的，接下来又是另一个起点了，又得面临新的痛苦，从新的奋斗到达新的成功，然后又是接踵而至的另一个痛苦，如此循环不息。

我想，朋友的这种心情是可以理解的，关键在于对待痛苦的态度错了。把痛苦无限扩大，就会陷进泥沼里，甚至会觉得生活对自己太不公平了，万念俱灰，就很容易走向极端；相反，把痛苦无限缩小，甚至可以把它看成是道路上的一个台阶，看到了，攀过去，它便成了你走向新高度的基石。

记得有个作家曾经说过："要么你去驾驭生活，要么生活驾驭你，你的态度决定了谁是坐骑，谁是骑者。"其实痛苦也是一种生活的体验，要想在一生中有所作为，就得学会坦然面对痛苦，也唯有在痛苦的磨炼中才能健康、快速地成长。

生命的温度

曾经读过这样一个真实的故事。

汶川大地震时，一对正在工厂里作业的中年男女被压在倒下来的石柱下，一个在东，一个在西。四周一片漆黑，没有声音，女人试图推开沉重的柱子，但一次又一次都失败了。最后女人泪眼婆娑地对男人说：“我真的不想死，我答应了我女儿要帮她治好眼睛的。”男人不说话，只是叹气。女人又说：“我女儿也不知是生是死，说不准她一个人正哭着到处找我呢。”沉吟了一会儿，男人问女人：“你真的想出去？”女人说：“是的，只要能活着出去，下辈子就算为你做牛做马，我也愿意。”男人叹了口气说：“我也不求别的，只是家中还有一个八十岁的老母，若是她还健在，烦你代我照顾。”女人说：“好。”男人说：“你这样胡乱推是不行的。我喊三二一，喊到一时，咱们一齐使劲，你把柱子往我这边推，这样你那头便能推出空隙来了。”男人开始喊，喊到一，女人便使劲把柱子往男人这头推，男人也在用力，慢慢地柱子这头翘了起来一点空隙，女人挣扎着爬出来，再看男人时脸上全部是血，他微笑着永远离开了这个世界……

读完这个故事，再去回想男人承受柱子移过来的全部压力时，仍不免惊心动魄。这个平凡的男人，在面临生死考验的刹那，只为了一个小女孩需要疼爱而义无反顾地失去生的机会，让给了自己并不熟悉的同事，这算是世界上最崇高的礼让了，一个人可以为别人做很多事情，却很难做到贡献出自己宝贵的生命，因为生的机会对每一个人都是平等的。可为一个生命和另一个生命捆绑在一起时，它的取舍已经超越了所有的语言和动作，这时生命的存在已经不完全属于自己。人们说好死不如赖活着。我的看法是，生与死都是一种体验——活着时我们都是孩子，当我们面对死亡时，我们在冷静的权衡中，触摸着生死跳动的脉搏。

在我年轻时，母亲曾对我说，你爷爷是在越战中为保护一群孩子牺牲的，他闭眼前只有一个心愿，就是希望我们能好好活下去，珍惜生活。给你的生活多些拥抱吧，因为生活本就是一柄双刃剑，如果你不善待它反而去伤害它，最终你也只能被它彻底破坏和伤害。

为生活，快乐活

朋友生日，我们前去祝贺，来的都是一些老朋友。朋友在厨房忙碌着，而他的儿子，不停地过来给我们端茶倒水。我们都不由惊讶，这个顽劣多年、不知惹下多少大祸的少年居然能改邪归正？

吃饭的时候，男孩不停地给我们夹菜，那份真诚绝对不像做作。大家都好奇地望着朋友，希望能从他的嘴里知道改变顽童的秘密。

朋友的表情却突然严肃起来，他指着墙上的一副遗像说：“这都是他的功劳。”

那是个慈祥的老人。我们都没有说话，我们知道在这副遗像的背后，肯定有个可悲可泣的故事。沉默了一会儿，少年上去给老人上了一炷香，然后开口了。

那是两个月前的事情了，那时少年正在读初三，由于多次与老师对抗，班主任强令他回家请父母过来。他却没回家。揣着从家里偷来的两百元，上了到成都的火车。

在那里，他有一个打工的朋友，他甚至希望在那里找份工作，重新开始自己的人生，赚够了，才体面地回来，好叫那些曾经看扁他的人颜面顿失。

下了火车，接着坐汽车。正是上班的高峰期，车里人满为患，这时，上来了一位古稀的老人。少年望了一眼老人，突然站起来。

尽管他年少顽劣，但他的本质并不坏，那一刹那，少年心里想的只是，这个背着一大袋米的老人是多么可怜啊。

他让老人坐了他的位置，然后聊起来。老人是来看女儿的，女儿说她喜欢吃家里的米，于是家里刚打了新米，老人就送过来了。

那是一个炎热的夏日，车刚过桥头，车厢里便传来两声巨大的爆炸声，接着火焰蔓延开来。少年被这一幕吓坏了，老人大喊："赶快砸玻璃！"说着，便开始用手砸，奈何老人力道太小，玻璃没有丝毫反应。少年这才醒悟过来，赶紧取下窗边的安全锤，一锤，两锤……

火越来越大，夹杂着浓烟，少年感觉浑身都浸泡在热浪中，但他没有犹豫，继续敲打着，很快便打开了一个大口子。他大声喊："爷爷，你先走。"老人却喊："没时间了，我都一把老骨头了，你还小，你先走，不要管我。"说着，便推着他往缺口钻。

他从缺口处跳了下来，他转身想去救老人，但一股汹涌的大火从缺口处喷出来，只剩下老人声嘶力竭的声音："去找我女儿，告诉她，我永远爱她……"

他的眼泪流下来，他轻轻地说："老人坐在窗口，他完全有机会活下来，是他用自己的生命换来了我的重生，我能不好好做人吗……"

他已经泣不成声。

我们的眼泪也都落了下来，我甚至在脑海里一次次重复那惊心动魄的一刻。这就是人世间的爱啊，父母深情的爱，夫妻动人的爱，亲人关切的爱，朋友仗义的爱，陌生人无私的爱，这些温暖的爱，无时无刻不包围着我们，我们又怎能不好好地活着，活出个精彩，活出个希望来！

每一个眼神都含着爱的关切

那一年，他的事业遭遇滑铁卢，投资失败，合伙人卷走所有的钱物消失得无影无踪，一夜之间，他成了所有债主们讨伐的对象。

为了躲债，他先是在好友那藏了半个月，然后回到了阔别三年的老家。

那阵子，他把手机关了，整日待在家里，不是喝酒就是睡觉，话也不怎么说，父亲看在眼里，也没怎么说话，也难怪，父子俩都是闷葫芦，除了每次回来那惯例的问好，就基本没有交流了。

他没有把生意场的失败告诉父亲，他不想70多岁的老人家为他担忧，他只是说：“太累了，就回来休息几天。”

他是真的累了，他甚至想，就这样，在乡下，种点田，栽点菜，也未尝不是一件安逸的事情。

他在家整整窝了一个月，直到有人来看他，他才第一次去了趟县城，离开时，他说：“爸，我们回来吃晚饭。”他发现，父亲的眼里透露着一丝欣慰。

那天晚上，他和几个好友，一直喝至凌晨，去上厕所的时候，他猛然发现，月光下，父亲正端坐在池塘的入口处。

他走过去，问父亲：“您这是干吗，怎么还不休息？”

父亲说：“我睡不着。”他敏感地觉得，父亲肯定是有事瞒着他，耐不住软磨硬泡，父亲只好说出了原因，父亲说：“怕你想不开。”

父亲说：“你还记到十年前的那晚吗，你第一次生意失败，和几个好友喝醉了，半夜你跑出来要跳池塘，要不是我死命拦住……”

他当然记到，那是他在大四那年，第一次做生意，亏了两万，想不开，便想了结自己。后来，他一直后悔当初的冲动和幼稚，还经常拿这件事来劝说自己要想开点。

那一刻，他突然哭了，他一直没想到，平常不怎么说话的父亲，原来时时刻刻都在关注着他，仅一个眼神，就诠释着深深的父爱，父亲怕他出事，竟然在漫长的冬季里，在池塘边坐了整整三十个夜晚。

那一晚，他第一次和父亲聊得很起劲，后来，他困了，就倒在父亲的怀里睡着了。

不久后，他回到了公司，用父亲借给他的养老本，还清了一些债务。而现在，他正拼命地奋斗着，他要从头开始，混出个模样，才敢再回家。

他说，逃避不是办法。人生这么短，总得去面对。他还说，其实，他现在不是一个人奋斗，家中的老父亲，那关切的眼神，时时刻刻在他心中闪着爱的光芒，他唯有成功，才能在再回去的时候，让父亲踏踏实实睡个安稳觉。

父爱，是儿女的山

周末的时候，和一群朋友去逛街，刚到路口，就看见一个中年人推着一辆三轮车过来，上面摆满了各种蔬菜，一边走一边还吆喝着，他穿着打满补丁的衣服，脚穿破旧的军鞋。朋友拦住他，问了下价格，嫌贵，扭头便走，他一脸委屈地说："大哥，这是我自家种的菜，干净又绿色。"朋友仍是摇头，中年人叹了口气："大哥，便宜点给你。中不？就这么几把了，我卖完了，可以早点回去做饭。"朋友仍是摇头。他一连叹了五口气，失望和焦急爬上脸庞。我走上去问："多少钱一把？"中年人兴奋地喊："就这几把了，便宜点，5块钱。"给了钱，拿了菜，中年人一脸轻松地踩着车，奔向回家的路。

每一次去学校，都会看到那个担粪的男人。有五十了吧，光头，一脸黝黑。他每天早上都会来几次，最勤的时候，可以跑上一个上午。据说，他承包了几十亩田地，是当地有名的种菜大户。

有次，我中午吃完饭，出去办事，正好在校门口遇到他，他神情非常紧张。在他的对面，站着一个打扮时尚的妙龄女子，看样子，他肯定是不小心撞到她了，粪桶散落在地上，她一个劲地用纸巾擦拭着自己的衣服，面带怒气地喊："你这个人怎么搞的，走个路都不长眼睛，还把粪水溅到我身上，这可是几千块一件的名牌，你给我赔。"男人的脸憋得通红："我不是故意的，我有三个儿子都在读大学，我给你洗……”他几乎都想要下跪求情了。

吃完晚饭后，和一群朋友在公园的亭子里聊天，到深夜的时候，一个小男孩走了上来，甜甜地问道：“哥哥，你这个空瓶子还要不，可以给我不？”我点点头，小男孩满脸兴奋地拿着瓶子，转身就走。我叮嘱着：“这么晚了，你一个人在外不安全，赶紧回去吧。”“我爸爸在外面等我呢。”顺着小男孩指的方向，我们看见一个西装革履的中年人站在门口，正朝我们微笑。父子俩的笑容交织在一起，温暖而感人。我突然明白了，他并不是一个贫穷的父亲，只是想陪着孩子，想教育孩子怎样自食其力。

生活中，我们可以遇到这样的男人。天不亮就在外面吆喝的卖菜人，为了省钱的挑粪工，辛勤奔波的农民工……他们职位低微，为了一个家，任劳任怨，他们又无比伟大，因为他们的爱，就是儿女的山。

他们是一群人的代名词，他们拥有着一个普通却又无比高尚的名字——父亲。

那不只是一场游戏

最近，男人感到彷徨，因为他的儿子沉溺在游戏厅里，有事没事就往那里跑。男人曾试过很多方法，但都没能阻挡儿子去那里的步伐。男人决定和儿子做场游戏，男人把儿子带到一座荒凉的大山脚下。男人指着山顶说，山那边就是我们的家，如果你能翻越这座山，以后你做什么事我都不会管你。

真的？儿子两眼放光。男人肯定地点点头。儿子像脱缰的野马，一个劲地往上面跑。山里的路特别难走，越走地势就越陡峭，到最后已经无路可走。儿子举目四望，然后摇头叹息。“怎么办？”儿子问。

男人鼓励他说：“再找找，说不定有出路。”儿子真的去找，过了半晌，儿子兴奋地喊：“爹，真的有路了，以前有人来过这里，并且留下了字。”男人也振作起来，男人走了上去，发现一棵树上有一行字：7 月 15 日，途经此地。

再往后面走，还能看到类似的指路牌，儿子指着一块大石头说：“爹，你看这里还有留言呢。”男人走近一看，上面整齐地写下了几行字：人生就好比攀登，因为在低处，所以你看不到远方的风景，所以你只有努力，不遗余力地去努力，让自己站得更高。

是谁经过这里，留下的这些字和留言呢？他到底受了什么挫折呢，不得而知，但重要的是，这些字条确实给了绝望中的儿子希望和信心。

之后的路，依然陡峭，但在字条的指引下，儿子走得很顺畅。两个小时后，他们顺利翻越了这座荒凉的山。

在短暂的休息后，他们重新上路了。男人得把儿子送回家。在门口，碰到了女人，女人问："你们今天干吗去了啊？"男人说："今天，我们去做了一个游戏。""那么，谁赢了呢？"男人指着儿子说："当然是你宝贝儿子。"儿子却摇摇头说："是老爸赢了。"

男人笑了笑。他捏了捏儿子红扑扑的小脸。可是他不敢再逗留，他还得回去上班，他还得努力赚钱，然后把赚的钱全部带回家，妻子养病要钱，孩子读书要钱，他不敢有任何松懈。

男人走得有些急，转弯的时候，他再次遥望家的方向，想起儿子最后那番话，男人笑了，上午他和儿子做的那个游戏，让他满足和幸福。

有没有爱温暖过你卑微的心灵

从小，他就恨他。虽然，他是他的儿子，可儿子又算什么？他在外打工多年，却很少关心过他，也从没回老家来看看，他甚至都不记得父亲长什么模样。

他只记得五岁那年，母亲和父亲大吵了一架，然后离家出走，却不想遇到了车祸，自那以后，他拒绝再在别人面前提及父亲的名字，他逢人就说，他的父亲已死，就在母亲离开人世的那个晚上。消息传到他父亲那边，父亲勃然大怒，传消息过来，骂他是逆子，然后断了他的生活费。

他不气，也不恼，他对相依为命的奶奶说：“我会靠打工来养活自己。”

他做过很多事，捡过垃圾，卖过报纸，到工地上搬过砖，就这样，他一步步把自己送进了大学。入校那天，当老师和同学看着他长满厚茧的手，所有的人都不禁为之动容。他却笑着说，那是一个男子汉应该做的。

但他心里还是有些痛的，只因他是个没人疼的孩子。所以，当室友的父母每次来寝室时，他总躲得远远的，他只好每次对自己说，要忍住，要坚强，没有过不去的坎。

但父亲还是来找他了，因为，他是他唯一的亲人。也就是那个时候他才知道，父亲成了公务员，还做了一个部门的领导，但他一直没再娶，虽然，有很多女人都愿意跟他。

“跟我走吧，”父亲说，“现在我什么都有了，只差一个儿子。”

他别过头去说：“我没有父亲，我父亲早死了。”

之后，父亲总会在每个月末来找他，他也不躲，他说，他就听，只是他拒绝了父亲的所有帮助，他说：“我是个男人，我可以靠自己。”

四年大学，他靠自己的努力，硬是挺过来了。毕业那年，他参军了。可是父亲出了事，因为经济问题。当警察来找他时，他一股脑儿地把知道的和隐约知道的，全都说了出来，父亲也因此入狱，获刑三年。

原本以为，把父亲送进监狱，他至少可以好受点，但全然不是那样，难道真是人们所说的，血脉相连，茎断了还连着根？

他没去看父亲，因为不敢，他总觉得自己是无情无义的，他即使再不爱他，但还是生他的父亲。

一次偶然的机会，他迷上了音乐，成了文工团的一名歌手。他报名参加了全国青年歌手大赛，从初赛到复赛，他一步步走了过来，可是他还是遇到了阻碍，评委说：“你的歌声里，总是充满了内疚和恨，让人感觉不到爱和温暖，如果你迈不过亲情这道坎，你可能会止步于十强之外。”

他想他们说得不错，他是无法去面对父亲，以前是恨，而现在是愧疚。

无聊，上网。在一个叫忏悔人的博客里，他突然看到了自己儿时的照片，是父亲的博客，那个因为妻子离世而深责不已的男人，上面记录着他思念妻子和儿子的点点滴滴。长这么大，他第一次哭了，原来，不论自己身在何处，父亲爱的视线从来没有离开过自己。

他终于决定去见父亲，去请求他的原谅和他的宽恕。

电话是监狱打来的，说他的父亲在医院，病得很严重。他在电话里很激动，声音都变调了。

他很快赶到了医院。见了父亲，他埋头就哭。只因，他是他的父亲。

他一直陪着他，照顾他，衣不解带，还好，是个良性肿瘤。他送他去监狱，彼此依依不舍，他说："后天就是总决赛，我希望你能来。"

决赛很快来临，还有一分钟，就轮到他登台演出，可是环顾四方，都没有看到父亲的影子。他感到焦急。

轮到他上台了，可是他一直都没唱，掌声再次响起来的时候，他分明看见，在角落里，一个带着锃亮手铐的男人在向他卖力地摇手。他的眼泪掉了下来。他唱了一首关于父亲的歌，是他自己写的，歌声中，那些关于父亲的回忆就像蒙太奇一样，浮过他的眼前。

他的心里本来有一座冰山，此时，却全部被爱和温暖融化。

当他获得冠军的声音传出来时，他看见，那个头发花白的男人，正激动地和周边的人说："台上那个，就是我的儿子。"

他把父亲请了上来，他拿着话筒，大声喊爸。

他愣住了，继而说："你是叫爸爸了吗？你终于肯认我这个父亲了吗？你不恨我了，不埋怨我让你受了那么多年苦，不嫌弃我是坐了牢的人？"

他点头，又拼命摇头。继而是拥抱，热烈的拥抱。

一直以来，他都认为父亲是不肯原谅自己的，却从来不曾想过，他从来都没埋怨过子女，他的爱依然在，亲情依然在，就算暂时隐没在角落里，只要有足够的温暖，就能将他身边的每一个亲人，温柔地环绕。

善良是这个世界的魂

她是个不幸的孩子。父亲在她两岁时病逝，六岁时，母亲跟着另外一个男人跑了。只剩下她和一个风雨飘摇的梦。

从此，她变得沉默寡言。上完课，她总会跑到学校后的一个槐树旁，坐着，望着，像一座雕塑。

夏天很快来临，看着孩子都穿上了漂亮的裙子，她也想要一件，哪怕是一件T恤。但是她没有，她只能每天穿着那件破旧的补了又补的的确良衬衫。

一个旧木箱，三四件衣服，便是她全部的家当。

八月，站在绚丽多姿、琳琅满目的门面前，她的目光左顾右盼，却不想被女老板用扫把赶了出来："小叫花子，这里不是你来的地方，滚远点！"她突然跑上去，把女老板狠狠咬了一口，然后在一片尖叫声中，跑得无影无踪。她是个好强的孩子，她不能容忍自己的尊严被践踏。

上语文课，题目是母亲，她早早就交了卷，上面只有一个字：恨！刚下课，她便冲出了教室，只剩下后面一片议论声："听说她妈妈偷人，跑了。""那她不就是个野种。"

她退学了，尽管班主任一再挽留，她的决心已定。望着那些鄙视自己的目光，她在心里暗暗发誓：总有一天，我要让你们跪着来求我。

她去了广东，先是在一家鞋厂打工，等赚够了足够的资本，她开了家小门店，起早贪黑地忙碌着，只为了有朝一日，能翻身做主人。

十年后，她有了足够的钱，有了炫耀的资本，她回到了家乡，开了两家公司。这个时候，来找她帮忙的人络绎不绝，当然其中也不乏那些曾经鄙视她的同学。

她心安理得地接受着他们的恭维，她甚至想到了用最毒的办法来报复那些乞求她的同学。

那个周末，她去了一趟学校，曾经的繁荣不再，几十个学生稀稀落落地站在院子里，嬉笑着，欢闹着。突然有个孩子被撞倒在地上，一个女生赶紧把那个孩子扶起，对他嘘寒问暖。

她突然怔住了，因为那个女生多像贫穷时的自己，找学校打听，果然和自己一样，爹去世，娘改嫁，无依无靠。

放学的时候，她一路尾随着，当看见女生走进一个老人家，为一个失明的五保老人做饭时，她的眼泪忍不住夺眶而出。她突然觉得心底的恨，如轻烟一般散去，了无踪迹。

突然间，她做了一个决定，她把几个能力不错的同学分到了重要岗位。有人就不解地问她："那些人，曾经骂过你，侮辱过你，让你的童年充满了痛苦，现在你发达了，他们都来求你。你却不仅宽恕他们，反而还委以重用？"

她的笑容平静而从容："是孩子教会了我怎么去生活，让我知道善良才是这个世界上的魂。以前我一直放不下恨，想的只是如何去报复那些曾经伤害我的人，所以虽然我在事业上成功了，但我一点都不快乐。"她顿了顿，继续说："而如今，放下包袱，我顿觉得天高云淡了，这样的温暖生活，不就是我们一直所追求的吗？"

善待那个最潦倒的人

农历大年除夕，美国芝加哥的唐人街上到处张灯结彩，华人俞越的牛肉面馆里却依然人影稀疏。眼看十一点就要过去了，俞越决定关门，看看中央电视台的春节联欢晚会。但就在此时，一个挎黑包，衣衫不整的黑人青年闯了进来，手里还提着一把二胡。他探头打量了那一锅热气扑腾的牛肉汤，舔了舔嘴唇，落魄的神色中透着渴望。

“先生，来碗牛肉面吧。又香又辣的牛肉面。”俞越迎上前。

“我，我……”黑人青年张大了嘴，想说些什么，但终究没说出来，只是长长地叹了一口气，接着垂下头。

“嗨，大过年的，就请你一顿吧。”俞越看出了黑人青年的困境。

黑人青年一脸羞红，他低着脑袋，沉思了半晌，又抬头试探着说:“我，我能为您拉一首曲子吗？”说罢，就提起了那把二胡，手指一动，动听的弦乐穿弦而出。

是《二泉映月》！俞越仔细地凝听着，很快就勾起了深深的思乡之情。说实话，黑人青年的技艺并不怎样，但他看得出黑人青年的用心。音乐戛然而止，黑人青年脸上浮现出一片圣洁的光辉，俞越忍不住鼓起掌来，然后赶紧端上牛肉面，放在他面前。

黑人青年看了看俞越，俞越点了点头，他犹豫片刻后端起那碗芳香扑鼻的牛肉面，狼吞虎咽地吃起来。俞越又端来了一碗。黑人青年也不客气，片刻之间又吃完了。

除夕过后，牛肉馆的生意依然冷清。最气人的是，近段时间有一个白人警察经常来店里吃喝，吃了也不付账。俞越终于忍不住了，向他要钱。

谁知白人警察扭过头来，冲他便是一拳，俞越被打倒在地。白人警察还不甘心，把他带到了警察局。

白人警察以俞越妨碍公务，扭打警察为由，向法院提出了起诉，更令人不可思议的是当地法院在未经调查的情况下宣布罪名成立，判他入狱三年。

俞越的遭遇在华人界中引起了轩然大波，《华盛顿邮报》也重点报道了这一消息。文章采访了许多证人来说明俞越的清白，文章最后说，俞越所做的牛肉面色、香、味俱全，吃一口能温暖整个春天。

报道一出来，立刻在美国民众中引起了轰动。甚至连芝加哥的市长和中国大使馆的领导也前来探访，并表示愿意提供各种法律服务。在确凿的证据面前，也在强大的舆论压力下，芝加哥市的法院最终做出了公正的判决：俞越无罪释放，并获得一万美元的精神补偿。

俞越出狱后，牛肉面馆一扫以前的冷清，天天门庭若市。他的生意也越做越大，成了华人圈中有名的“牛肉面大王”。

转眼，一年很快过去了。同样是在除夕之夜，同样是在要打烊的时候，一个黑人青年快步走了进来，点了两碗牛肉面。

这不就是一年前那个拉奏二胡的落魄青年么，看样子他现在混得不错，俞越心里暗想。

两碗牛肉面一扫而光后，黑人青年抬起头来说：“今年我到你们中国去了，真的，东方文化就是与众不同，就像你的牛肉面，味美香甜而又暖人心。”

说罢，又递过来一张名片，俞越接过名片看了一眼，上面写着：

詹姆斯，《华盛顿邮报》中文记者。

“你就是那位对我不幸事件进行报道的人？”俞越当然不会忘记那张报纸，以及那个给他带来帮助的记者——詹姆斯。只是没想到竟然是他。

原来，一年前，詹姆斯大学毕业，辗转来到芝加哥，工作没找到，盘缠用尽。为了生活，他不得不舍去尊严，想用为人弹奏的方式换取一顿饱饭。他去了数十家饭店，都被赶了出来。

在他最饥饿、最潦倒的时刻，俞越不仅没有歧视他，还请他吃了两碗牛肉面。就因为这两碗牛肉面的激励，他信心百倍地参加了《华盛顿邮报》的面试，并一举成功。

詹姆斯始终没有忘记俞越那两碗牛肉面的恩情，当他从华人朋友处得知俞越遭受冤屈之后，便深入第一线，采访了许多目击证人，并写下了那篇报道。

得知事情的经过后，俞越紧紧抱住了詹姆斯，热泪盈眶。

换种关注生活的姿势

他是我的一个同学，从陕西一个窑洞里出来的，因为家穷，他大学期间从没回过家；因为老实，不懂得怎样去保护自己，所以每次评优都有他的名字，到最后老师总把他喊进办公室说：“这次你让让小明吧，学院要推荐他考研，他需要！”“你让小红吧，她要报选调生，不是党员不行啊！”从大一到大四，他什么荣誉也没拿到，但他似乎并不在意。他是班上的生活委员，整日里为同学奔波劳累，取信、发补贴、组织活动，他任劳任怨，他是班上公认的大好人。

可没想到老好人也有变“坏”的时候，大四毕业时，每个班有两个优秀毕业生的指标，他早早去院里报了名，衡量各项指标，他是绝对的人选，这次老师再次喊他进去，他一反常态了，他第一次对老师大声说不。声音很大，外面的人都惊讶了，他跑到教室里，他说：“这次，我决不会放弃，谁想让我放弃，我就告谁。”他没觉得自己做错了，可自此以后，所有的人都对他嗤之以鼻了，他没理会别人的闲言碎语，他还是照旧做着他自己的事情，但是没人再喜欢他了。这个老实巴交的学生，因为一再让步，让别人习惯了他的软弱，可当他突然要维护自己的权益时，没有人能容忍了。

大学毕业后的同学聚会，他没有来，同学们谈论起他，还是一脸的鄙夷。很多年之后，我遇到了和他一起工作的一个同事，才知道他早已患病死去，他当年之所以要争取这个名誉，是想给自己最后的人生画一个完美的句号。

我还认识这么一个人。那年我们去深山里去采访，迷了路，正巧一个砍柴的人经过，我们想让他给我们带路，我说："你给我们带路，我给你报酬。"他惊讶了，也许第一次听说给人带路还有钱，交涉了一会儿，他伸出五个指头，我同事说："五百？"他摇摇头。"五十？""五……五毛。"我们笑了，毕竟是乡下人，五毛钱，扔在城市里，大部分人都不屑多看一眼。

到了我们要采访的地点，我们都没带零钱，朋友掏出一张十块钱塞给他，本想说不用找了，可话还没出，那人已经跑了。我们对视一眼，耸耸肩，但在内心里对他充满了鄙夷，到底是乡巴佬，没见过世面，素质差。

我们回来绕到另一条路，在一个又破又矮的土屋前，再次遇到了那个砍柴的农民。他手上端着一个碗，地坪的椅子上坐着一个挺着大肚子的女人，他小心地喂着，旁边还有一个小女孩，手里拿着一个面包，嘴里还在念饿。看得出这家人已经好久没吃饱过了，小女孩走路的时候，步子都很轻浮。我和同事看了一会儿，那个男人喂完那个女人之后，亲了一下小女孩说："爸爸再给你去买。"

他出来的时候，我们拦住他，他的脸一下子就白了，他说："我也不想那么做，可我根本没钱找给你们。我一家人都一天没吃饭了，连老婆孩子都养活不了，我算什么男人啊！"我说："你不用怕，我们不是想找你们麻烦。"我掏出一张一百块，给他，说："我们帮不了你什么，这个请收下，你不要，可你妻子肚子里的孩子需要补充营养。"或许他会善意地欺骗他的女人，说钱是捡来的，或者他会说是他捉了几只兔子交换得来的，可不管怎么样，男人的那份平凡而真挚的感情却足以震撼我们的心灵。我们走的时候，不敢再往回头看，因为那个男人，早已泪汪汪地跪在了地上，对着我们的背影，磕着响头。

后来我想，这个世界上真的没有什么绝对的对和错，某些时候你认为错和低俗的举止，到了另一个人那里，就变成了足以撼动人心的真挚和伟大。也许，换种关注生活的姿势，对我们来说，真的需要！

最深处的爱

他提着两个厚厚的行李袋在车厢里拼命地往前挤。他五十多岁，穿着厚而旧的军大衣。一路走过的时候，他身上冒出浓浓的臭味，旁边的旅客都捂着鼻子厌恶地侧过头去。

终于进来了，他忍不住高声说了句："堂客（湖南方言，老婆），我在这，你快过来。"后边有个人应了声，过道的旅客往后面看，一个头上插了根桃花，四十多岁的她朝这边走。很多旅客笑了起来，他把行李放下，连忙解释："这是我在路边采的，我都十年没看见她了，我一时激动就把桃花当玫瑰了。"

周边的人惊讶地望着他。她也进来了，旁边有个好心的年轻人站起来让座，她推他坐，他推她坐，坚持了十多分钟，还是她坐了下来。他说，我堂客十年没过好日子了，也该享享福了。他打开行李袋，掏出一包牛奶，他说："芳，你渴了，喝一口吧。"她接过去，他又掏了包瓜子出来，他说："芳，这里还有好吃的东西呢。"

于是，大家才知道她叫芳。那个叫芳的她忍不住嘟噜了一句："瞧你婆婆妈妈的，跟老太婆一样。"他就笑了，他对大家说，这三个月来堂客总是说我啰唆，我都习惯了。

大家都笑了。他接着说："我堂客年轻时有点小毛病，不大也不小，十年前她离家出走了，直到三个月前我才在广州找到她，这三个月来我就在医院照顾着她，寸步不离。"他说完，不停地擦眼睛。她说："你就是这脾气，肚子里藏不得半点东西，生怕人家不知道我有精神病，生怕人家不知道你在找我似的。"他笑了："我这不是幸福么。要是找不到你，我都不知道我这辈子该怎么过了。"

她十年前精神病发作跑了，他整整在外面找了十年，找到了人，又缺少住院的钱，他只好带着她挨家挨户地去讨，这一讨就是三个月。车厢里的人都沉默下来了。有个年轻人问："大爷，你这是回老家吧。"

"是啊，也不知道家变成什么样子了。"他思索了一阵，又说，"只要人在就是最好的啦。"他从背后取下个包，里面有把二胡。她说："你就不要在这里卖弄了，都拉了十多年了，你还嫌不够啊。"

他苦笑："我这不是怕大家闷吗，火车要跑几天的路，要是大家闷出病来了，那多不好。"她叹了口气："拉吧，拉吧，只要大家受得了，我没意见。"

车厢里的人都乐了。他果真拉起来，一曲悠扬的调子飘满了车厢，这个在外流浪的汉子，用一把二胡卖艺为生的汉子，脸上写满了沧桑的汉子，并没有流露出半点对生活的失望。

大家拼命地鼓起掌来，他似乎受到了鼓舞，拉得更起劲了，几曲之后，她竟然睡着了，轻轻地打起鼾来。她的眼皮上泛上了淡淡的湿。他说："在芳住院的这几个月里，都是在我的二胡声中睡着的，芳这辈子太苦了，我以后不会再让她受苦了。"

他轻轻地说，生怕吵醒了她。

她醒来之后，他赶紧给她削苹果，她边接边唠叨："吃，吃，吃，就知道让我吃，不怕我变成肥猪啊。"

他说："这不是怕你饿吗。"他托起腮帮，饶有兴趣地看着她，在他看来，似乎这是世界上最美的享受了。

她又说无聊，他说："那我给你讲笑话吧。"他又对大家说："在医院里为了给她解闷，我买了本笑话书，背了几百个，到现在才只讲了一半。”

他的一席话又把大家逗乐了。从广州到益阳的13个小时里，他无微不至地照顾着她，芳有时挑这挑那的，他总是想方设法地满足她。他从不怨恨，他总是笑着说：“我堂客挑剔啊，不挑剔就不会享受生活啊，我就是喜欢她这点。”

晚上，她喊冷，他就把她抱得紧紧的，一直抱到早晨。趁着上厕所的时间，他使劲地搓着腿。

下车的时候，她说：“我的腿好疼。”他说：“那我背你下去。”他说着背起了她，旁边的小伙子赶紧来帮忙。下了车，他手里提着两个袋子，背后背着她，她的手里抱着二胡。他弯着背，一步一步，缓慢、艰难。

车厢里的人都站起来，看着他远去的身影，看着看着，有几个就泪眼滂沱了。

有一种力量，可以穿透生死

朋友来找我，说他有了外遇，他现在要陪他的新任女朋友去北京旅游，朋友请我这段时间多去她家里坐坐。

我周末去看她的时候，不幸遇上她出了车祸。“她生命垂危，可能度不过今天晚上了。去陪她走完这生命的最后时光吧。”最后，医生无奈地说。

我进病房的时候，她罩着氧气瓶，双眼紧闭，神志还不清醒。我抓住她的手，我说：“我回来了，回来了。”她脸上的肌肉动了动，但半晌后，她垂下了手。

我知道我骗不了她，我走出来，打通朋友的电话，我说：“你妻子现在生命垂危，你能不能回来见她最后一面。”他沉默了，紧接着电话里传来女人的哭喊声。我说：“你还是男人的话，就马上回来。”我挂了电话，再进去时，我看见女人的眼里流出了两滴清泪。

我在她身边坐下，看了看手表。现在是晚上六点。我说：“他现在路上，最迟能在今晚十二点之前赶回来。”晚上有趟回湖南的车，我知道朋友一定会回来。女人的右手动了动，我紧紧抓住，我不断地跟她说话，虽然她没法回答，但我知道她一定能听得到。

那段时间，我生怕她突然撒手离去。

当时钟指向十一点的时候，我听见门外传来了急促的皮鞋声，接着一个男人冲了进来。他抓住女人的手，他说：“是我，我回来了，以后都不会再离开你了。”女人的手动了动，嘴也慢慢地张开。朋友把耳朵凑过去，但仍没有听清楚。我说：“把你的新女友叫过来，她想见一面。”朋友望着女人，女人的手再次动了动。

朋友给他的新欢打了一个电话，让我去接。回来的时候已经是深夜两点了，女人看起来精神好多了，她睁开眼睛望着眼前这个勾走她老公的情敌，脸上的表情极为复杂。他的新欢像是害怕了，一遍又一遍地说对不起，边说边哭着。

女人轻轻把他们的手放在一起，她似乎用尽了她最后一丝力气，我看见她的脸上洋溢着满足的微笑，然后，静静地离去。

朋友的妻子，为了等待她负心的丈夫，为了能成全她的情敌，挺过了她生命中最后也是最痛苦的八个小时，医生们都说，这真不可思议。

我想，如果她的情敌晚几个小时回来，她能不能挺下去，我想一定会的。生命的最后时刻，有一个心愿让她无法离去。

世上只有一种力量，可以穿透生死。那，便是爱！

点亮心灵的明灯

洛克从小就失去了母亲，12 岁那年，父亲也因盗窃罪被判刑，后来在狱中病逝。幼年的洛克遭受了太多的白眼和欺凌。为了生活，他不得不跟随年事已高的外祖母到处颠沛流离，在外祖母去世后，洛克一个人辗转来到新墨西哥州的一个边陲小镇，整日在街上游荡，无所事事。

当看到同龄的孩子都生活无忧时，洛克的精神防线彻底崩溃了，他执着地认为，是这个社会害得他无依无靠，于是，报复便成了他生活的全部。一个 14 岁的孩子，做起事情来是相当疯狂的。他所在的那条街，每家每户，不是玻璃被砸了，就是东西不见了。当然，这都是洛克的“杰作”。

洛克成了这条街上最不受欢迎的人，没有人愿意和他玩，看见他都躲得远远的，大人们也都鄙夷地吐着口水。洛克却更加得意了。

镇上有个旅游景区，在一个岛上，为了旅游方便，人们决定修建一座木桥，洛克非常兴奋，但他绝不是要贡献力量，而是想方设法搞破坏。建桥时，晚上有专人看守，洛克无法下手，桥建好之后，洛克知道机会终于来了。

在一个漆黑的夜晚，洛克带着锯子出发了。勘探了地形后，洛克下手了，但他并不打算一下子把两边的栏杆全部锯断，他要慢慢地玩。在锯断四根栏杆后，洛克兴奋地回家了。

第二天早上，当旅游的人们看见被破坏的大桥时，大家都愤怒了，所有的指责都落在了洛克的身上。洛克眯着小眼说："怎么可能是我做的呢，这些天我压根儿就没出去。"看着找不到证据的人们垂头丧气地离开，洛克得意地笑了。

晚上，洛克又出发了，走到大桥上，他惊讶了，原来昨天破坏的那四根栏杆早已修好。是什么人干的？洛克迷惑着，他又想，敢跟我作对，我天天来，看你能耗多久。

让洛克不解的是，每次他锯断了，到第二天就修好了，天天如此，洛克一直想知道，这个人到底是谁。为此，他埋伏了好几天，却一直都没等到人。

父亲去世三周年的那个晚上，洛克决定烧毁这座木桥，他带着准备好的汽油来到大桥上，却听见锯子发出的声音，是个老人。老人回头的时候，洛克看清了那张脸，他惊讶地叫了一声，扔下汽油桶，撒腿就想跑。

这个老人，洛克并不陌生，他就是父亲生平挚友，木匠乔治。洛克远远地听见乔治在喊他："洛克，我知道是你，你过来。"洛克犹豫了一下，还是硬着头皮走了上去。

忙了整整两个小时，才把损坏的栏杆修好，乔治把几段半截的木头放在篓子里，然后背着朝前走。起步的时候，洛克注意到了，乔治的脚有点瘸。

洛克不好意思地帮他背过篓子。乔治指指自己的脚说："知道为什么会这样吗？前几天，为你修栏杆时，不小心被木头砸伤了。"洛克不好意思地低下了头。

乔治又说："这几年我一直在找你，因为你父亲放心不下，临终前嘱咐我一定好好帮你。直到前些日子，听说这里刚建的桥就被人弄坏了，我知道准是你干的，我就过来了。洛克，我希望你能明白，你并不是孤独的，很多人都爱着你，并且在努力帮你。"

那一刻，洛克的心被深深震撼了，潸然泪下。他一直以为，自己是被社会遗弃的孩子，直到今天，他才发现，还是有很多人在关心他、感化他，只是他从来都不愿面对。那曾经的往事，一点一滴的关爱，如一阵飓风，扫尽了他心底的阴霾，犹如一盏明灯，点亮了前行的路。他知道，在以后的人生中，他将会用一张笑脸，温馨的微笑去面对任何人，饱满、真诚，并从此长流不息。

离生活近一点

朋友是个爱美的人，爱美的人一般都有较强的拥有欲，朋友也不例外。凡是她喜欢的东西，就想抱回家，总以为好的东西不买回家，以后就会后悔。因此，朋友家中的东西多得数不完，就拿衣服来说，朋友的柜子里满满的都是衣服，可朋友还经常抱怨没衣服穿。

美跟潮流是连在一起的，每一年美的标准都是变的。流行高楼那一年，朋友在深圳买了栋位置在 35 楼的复合楼，朋友说从那里可以看到大海，倾听大海呼吸的声音。朋友把这一切说得很唯美，似乎这就是上等人所追求的生活了。朋友邀请我去参观，但不幸的是那天电梯维修，等我爬到他家时，早已累成了一团泥，再美的风景我也无法享受了。

大旱那一年，朋友又提出去陕西窑洞去避暑。朋友很向往那个地方，还说要是一辈子住在那，多安逸啊。但我知道这不过是朋友一时的想法罢了。偶尔去一两次倒还新鲜，如果住上几个月，那里交通又不发达，资讯也不方便，朋友是肯定待不下去的。

很多时候我们看美都是以仰视的态度去看的，如果真的就放在我们手心里，那估计也新鲜不了几个时辰。我有个同学一直向往大自然的风光，他曾多次有过去野外居住的想法，他也邀请我去，我委婉地拒绝了。我敢肯定，如果他真的去了，前几天可能觉得很好，是种享受，但几天后就只能乖乖地回来了，一个在城市里生活习惯了的人，又怎么可能能在一无所有的荒野里长期待下去呢。那些突如其来的意外，又怎样去防备，同事在这些方面可是一点经验都没有。大自然的风光确实很美，但只适合欣赏，站近了，可能就变味了。

结果同事第二天很早就带着一身的伤回来了，被野狗咬了，还被野蜂叮了一身的包。我问："很浪漫吧？"同事总结道："偶尔去看看还可以。"

我想同事说的是实话，对于很多美好的东西，我们只能把它放在生活的高处去欣赏，一旦把它放平了，就失去那种神秘的光彩了。我曾多次去旅行，有次去阆中玩，问当地的农民："你觉得当地的景色怎么样？"农民摇头说："身边的东西见惯了就不觉得美了，我们这里的人旅行都是去外地，越远越神秘就越好。"

是的，美，一旦揭开神秘的面纱，就贬值了，而且还有很多看似美好的东西一旦去琢磨，就不是原来的样子了。我想农民有句话还没有说出来，身边的东西不一定是美的，但一定真实。真实得让你感到这才是生活，这才是人生。离生活近点吧，离美远一点，因为美只能放在额头上欣赏，而生活还要在你的脚下行走。

没有一颗心会因为追求幸福而受伤

他只是一个普通的男人，在美国亚利桑那州一家公司做销售。

他有一个幸福的家庭：有一对漂亮的双胞胎女儿，一个贤惠的妻子。应该说，他是幸福的，他也是小心地呵护着这份幸福。直到有一天，妻子被送进了医院，被诊断为乳腺癌。

他被噩耗吓坏了，好半天才从恐惧中平静下来。他开始到处筹集资金。

妻子的情绪也恶劣到了极点，经常在医院里大吵大闹，他想尽了各种方法，依然没有奏效。妻子只是告诉他，她觉得无法接受这个结果，她不甘心，她还年轻，还有很多梦想没有实现。

男人忽然笑了。他从包里拿出早已准备好的粉色芭蕾裙，就在病房，就在妻子的床前，翩翩起舞。也不知跳了多久。舞毕，她抱着丈夫说："多想一辈子陪伴在你身边，每一天给你给做饭，给你跳舞。"他含着眼泪说："相信我，你一定会好起来的。"他拖着疲惫的身体返回家里，他还得给年幼的女儿做饭。

化疗是极其残酷的，妻子的头发开始大把脱落，为了鼓舞她生的斗志，他不得不每天坚持给妻子跳一段芭蕾，在他的鼓舞下，妻子脸上露出了久违的笑容。

为了逗妻子开心，他经常会征求朋友们的意见。一天，他在一个论坛上看到了一个和他同样遭遇的中国男子，为了逗得绝症的妻子开心，一个人到处行走，收集不同人的笑脸。帖子的最后还留了联系方式。

望着日益憔悴的妻子，他几乎没有犹豫地打电话过去。一番交谈后，两个人顿时惺惺相惜。在了解后，对方想邀请他到长城开始他拍摄的第一站。

三天后，这两个异国他乡的男人走在了一起。他赤裸上身、仅穿粉色芭蕾裙，背后是美丽的长城，他把这组照片发到了网上，帖子的最后说：一个普通的美国丈夫，在妻子身患绝症的时候，我只能以这种方式来表达我对她的关心，我多希望她能迅速好起来。大家纷纷被他的爱情感动，有网友还把这组照片送到了妻子所在的医院。

走出长城后，两个男人约定下一站去西双版纳，一路南下，两个人都各自忙碌着，一个拍照，一个收集笑脸。

三个月后，北京的一家医院打来电话，说找到了与之匹配的骨髓，捐髓的，也是一名中国人。分别前，中国男人和他拥抱，说："我相信你的妻子看到你的帖子，一定很开心。加油！"

他继续辗转各国，三个月后，等他回到美国的医院时，妻子情绪稳定，望着手术后甜蜜入睡的妻子，他再一次留下了泪水。

后来有人问他："如果你的妻子没有被你感动，你会后悔你做的选择吗？"他摇摇头说："没有一颗心会因为追求幸福而受伤。作为一名丈夫，我深刻了解妻子的心情，我只是在帮她完成她未完的心愿。"

两个年轻妻子都能活泼如初，这不能不说是一种奇迹，但我想，是因为有人间真情，有一颗甘于奉献的心，才会有奇迹发生，用爱去坦然面对灾难，用幸福去感动对方，上帝都会来帮你的忙。

生命的韧度

认识那个女生已经很久了，那是在电视上，她站在倒塌的教学楼旁，双手不停地朝里挖。她殷红的校服在惨白的照明灯下显得格外刺眼。看打扮，她应该是这个学校的学生。其实，她只是刚回来探亲的一个大学生。

后来，才知道她就住在我们的小区，她在那天晚上的余震中受伤，在医院里整整躺了3个月。

再次看到她时，已经是年初。她夹着只画笔，在小区里走来走去。我就纳闷了，她怎么不去找工作？不过，我并没有半点看不起她，能从地震的阴影里勇敢活下来的，至少都是我心目中的英雄。

当她在论坛里发帖的时候，确实让我震惊，有人热嘲冷讽，说她纯属是在炒作，但更多的人报以理解和支持。至少，从没有人，在论坛上卖彩绘作品，她是第一个敢吃螃蟹的人，她说她身上的钱已不够吃一顿饭，她又说在成都这座繁华的城市里，她举目无亲，希望大家能伸出援助之手。

短短的半个小时里，留言就有长长的300条，这期间就有我。在此之前，我一直试图帮助她。听去过地震灾区的人说，她以前有一个幸福的家，父母都是人民老师，那一次地震，只有她幸免于难。

我见到她的时候，她正在租住的房子里弄彩绘作品。问她为什么不做点别的，她说："我就是学的这个专业，能做什么呢？"从她的脸上，我看不到任何悲伤，有的只是坚毅和自信，我欣慰地笑了。

她转身拿了瓶水给我，她说她还有个男朋友，是在地震时认识的，过些天要到成都来。

我说那你们感情一定很好吧。她低头笑笑。我又说："你不仅仅只是为了卖几幅作品谋生吧？"她有些惊讶地看着我，低头沉思了一会儿，才说："我本来是希望能组建一个工作室的，但知名度太低，加上生活拮据，迫不得已才出此下策。"

我说："你这么坚强的人，一定能成功的。"她笑了笑，起身送我，我下楼的时候，转身和她挥手告别。

第二天晚上，她突然来找我，一脸兴奋地说："托你的洪福，我的作品卖给了一对新婚夫妇。第一单生意，虽然没赚多少钱，但我已经很开心了。"她从身上摸出一对很特别的石头，说："也没什么东西送给你，这是母亲在 18 岁生日送给我的幸运石，希望能给你带来好运。"那一个晚上，我们聊了很久，她很阳光，也很有主见。我完全相信，这样有理想、有抱负的人，命运一定会善待她的。离开的时候，她又说："等我男朋友来了，我们再来拜访您。"

一周前，她突然给我打电话，说她已经组建了一个彩绘工作室，招了 7 个人，现在每个月的收入都有 1 万多。她还告诉我，这还仅仅只是个开始，接下来做的，就是准备以与装修公司合作的方式进行薄利多销，最终扩大规模将家居彩绘做成产业。

是的，在这个世界上，真的没有任何事物可以阻挡信念和决心。即使他们暂时被痛苦淹没，但只要勇气还在，恒心还在，终有一天，就能重新焕发出新的生命光彩。

好高骛远的黄鹂

从前，一口旧井里住着一只机灵活泼的小青蛙。它长了一个又大又吸引人的脑袋，脑袋上有一对很大很圆的眼睛，还有一张能发出洪亮“呱呱呱呱”的大嘴巴。

一天，一只黄鹂从天而降，落在了井口。太阳照在它黄澄澄的羽毛上，它全身都变得金灿灿的。微风把黄鹂的羽毛吹乱了，它漫不经心地用尖嘴去梳理，一直到梳得又光又齐。

这一切都被青蛙看在眼里，它由衷地赞叹道：“朋友，你真漂亮！”黄鹂高傲地笑道：“我还有许许多多和我一样漂亮可爱的朋友们呢。我们每天都可以在蓝天白云间无忧无虑地遨游，从一个地方到另一个地方，以天为家，地为床，你不觉得我是世界上最快乐、最幸福的鸟吗！哪像你，整天都待在这个黑暗的牢笼里，生活多单调多愚蠢。”

青蛙只是笑笑，它指着井底说：“我这不叫愚蠢，应该叫脚踏实地，不信，你可以下来看看。”黄鹂在空中画了一个优美的曲线，不屑地扫了青蛙一眼，但它还是忍不住飞了下来，顿时它惊呆了。

只见青蛙的房子里灯火通明，机器声隆隆作响，好一派井然有序、热火朝天的景象！青蛙抬头微笑道：“这分别是我的研发室、生产厂房、仓库和销售室。我研发了蛙牌蚊香来驱散蚊虫，你的朋友翠鸟、鹭鸶和喜鹊都订制过我的蛙牌蚊香呢。不过还有许多年老的朋友没有能力购买我的产品，但是他们很需要，所以我打算尽自己的力量赠送给他们。”

黄鹂听了青蛙的一番话后，羞红了脸。

它决定从今以后再也不游手好闲、好高骛远了，它打算在青蛙的附近安个窝，好好踏实地生活。其实在生活中，也有很多像黄鹂这样的，好高骛远、游手好闲的人，与其这样浪费光阴，还不如偏处一隅，脚踏实地地好好奋斗和生活。

第二辑

把自己埋进芬芳里

每个人在前进的路上都会遇到这样或那样的挫折，但只要有心，并不屈不挠地去奋斗，我相信，即使没风，也可以吹散浮在你眼前的乌云。

一把流泪的吉他

十六岁时，我迷上了音乐，迷上了一把精致的吉他，每天下午，经过那家乐器店时，我都会静静地凝望一会儿，那个时候，我是多么渴望能拥有一把属于自己的吉他啊。

可是我知道那只能是妄想，为了供我们兄弟俩读书，本不富裕的家庭，早已债台高筑。可那却是我年少时的唯一奢望了。聪明的父亲读出了我眼中的渴望，他信誓旦旦地表示，只要能考上大学，他一定亲自带我去买。

我的渴望被父亲的话语彻底激活起来，高中三年，我拼命地学习，只为能走进那家乐器店，带走那把心爱的吉他。我曾多次想象着，抱着心爱的吉他，在群山之巅尽情歌唱的情形。我甚至尝试着去做点兼职，可父亲说，高中是人生中最重要的阶段，不能分心。

可是当我将金烫的录取通知书送到他手里时，父亲却失信了。原因很简单，我和哥哥都要读书，家里面也实在没有多余的钱拿给我“挥霍”。要知道，一把吉他的费用足够支撑家里两个月的开销了。

父亲把我带到乐器店门口，拍着我的肩膀说：“你的梦想，只能够靠你自己来完成了。”

望着静静躺在角落里的吉他，我暗想：等着我，我一定把你买回来的。

我却没想过，为什么这么多年了，这把吉他还静静地躺在那里？

新生军训后，利用课余时间，我在外面做了一份兼职，一个月后，我带着赚到的400元钱，和父亲一起走到了乐器店门口。

鼓起所有的勇气，我对老板说：“我想买下它，多少钱？”

老板诧异地说：“你要是喜欢，我送给你好了，因为它只是一把少了根弦的吉他。”

刹那间，我愣住了，还是父亲心细，问：“既然少了根弦，为什么一直都放在这里呢？”

老板的声音有点激动了，那是因为一个人。

这是一个故事，有关一个女孩的故事，那时候女孩也喜欢弹吉他，因为家穷，买不起，所以只好每天放学后来这里弹一会儿。几个月后，女孩子终于赚到了买吉他的钱，刚取走，就出事了，为了救一个乱冲马路的小孩子，女孩毅然冲进了车流里。

女孩成了残疾人，但是她对音乐的追求却并没有消失，多年后，她硬是凭着自己的毅力，就用这把少了根弦的吉他，在音乐大赛中一举成名，她的善良和信念也深深打动了所有的人。

后来，这架吉他就放在这里，虽然有些破损，但不影响别人对它的喜欢。

老板说，你已经是这三年来第六个提出要购买这架吉他的人了，每一次，吉他被抱走半年后，又被送了过来。

我抱紧吉他，泪水再也忍不住地流了下来。

半年后，我把吉他送了回去，我知道，有更多的人需要它。

每一颗种子里都有爱的心

艾丽斯是美国一位著名的慈善家，也是一名大学老师，每一年，学生放假后，她都会飞到中国贵州，带着购买的书籍和食物，送给贫困地区的孩子们。

2009年，艾丽斯和著名节目主持人李咏第一次来到山区，就被山区孩子的贫困深深震撼了，没有温暖的衣服，没有玩具，没有学习用品，一件能过冬的衣服，一顿有肉的晚餐，成了孩子们最大的梦想。

从那时起，艾丽斯就暗暗下定决心，每年来看望一次学生，虽然一个人的贡献是微薄的，但她深相信，只要所有的人都伸出温暖的手，贫困地区的孩子总有一天都能吃好饭、穿好衣、上好学。

艾丽斯带着整整两车的礼物来到学校，她请所有的学生吃了一顿丰盛的晚餐，分发学习用品后，她又给每个学生分发了一斤花生。

晚上，艾丽斯在走访了几个寝室时，忽然发现少了一个学生，是李强，艾丽斯非常喜欢的一个男孩子，又懂事，成绩又好。有人告诉艾丽斯，刚吃完饭，李强就拎着那包花生出去了。难道是他舍不得给别人吃，打算一个人偷偷地吃，可是每个学生都有一斤啊。

艾丽斯走到学校后面时，听到了挖土的声音，凝目望去，一个瘦弱的身影正在挥舞着锄头。“李强！”艾丽斯走了过去。“艾丽斯老师，您怎么过来了。”李强站直了身子，用手擦擦汗水。

艾丽斯摸着他的头，小声问："是嫌老师带的东西不够多吗？"

"不。"李强摇摇头，"您给我们的帮助已经够多的了。就是今天你带来的猪肉，都够我们吃上一周了。"

"那你挖坑做什么呢？"艾丽斯皱起了眉。

李强的脸上立刻兴奋起来："艾丽斯老师，我还记得当初您上课给我们说过，种下希望，就能收割希望。"

艾丽斯点点头，说："可是这又和你挖坑有什么关系呢，我带给你们的花生都是熟的。"

"这可能是个美丽的意外，也许商家弄错了。"李强笑着说，"我的花生都是生的，我想，今天把它们种下去，明年就能收获一大堆花生了，卖了，不就可以换好多猪肉了吗？"

李强刚刚说完，旁边忽然多出了好多学生，大家都异口同声地说："艾丽斯老师，我们的花生也是生的，也可以播种下去，等明年了，可以换更多的猪肉了，我们还可以像您一样，把收获的花生送给其他学校的孩子们！"

布雷加市上的鲜花

那是一个极其黑暗的夜晚，枪炮声直到凌晨才慢慢稀落下来，士兵乔尔曼从掩体里小心翼翼地爬出来。这是在2011年4月的一个夜晚，他和他的同伴奉命进攻布雷加郊区的一所难民营。在那里，据说有政府军的一个阻击排，他们的任务就是消灭对方，为大部队反攻消除一切障碍。

一年多来，乔尔曼和他的同伴们多次袭击政府军的军营和哨所，从狙击到路边炸弹到暗杀，能用的手段全部用尽了。一年多来，乔尔曼和他的同伴们所杀过的人已经数以千计，渐渐地也就麻木了。

周围还弥漫着硫黄和尸体的味道，可乔尔曼已经顾不上那么多了，他提着枪，悄悄摸进了难民营，到处是残缺的尸体和倒塌的墙壁。突然，乔尔曼听到了几声微弱的呻吟。还有活着的敌人？乔尔曼顿时兴奋起来，他提着枪跑了过去。

在一所倒塌的房子里，他看到了一辆婴儿车，上面睡着两个婴儿，婴儿车上面还伏着一个年轻人，满身是血，可以想象，在炸弹来袭的瞬间，是这个年轻人用身体保护着这两个婴儿，才让他们免遭厄运。

又一阵杂乱的脚步声传来，乔尔曼的同伴们也跑了过来，然后，一个伙伴举起了枪。“查尔顿，你要做什么！”乔尔曼急切地喊。“乔尔曼，请不要阻止我，这是我们的使命。”乔尔曼一把抢过枪，将枪口对准了自己的额头，坚定地说："这里没有敌人，只有孩子，你要向他们开枪，就先打死我！"乔尔曼喊了几个战友，把婴儿车推到了户外，他又把年轻人的尸体埋葬了。在年轻人的胸口，乔尔曼发现了一张用血写的小纸条：我们本想撤离，但为了孩子，我们只能留下，请保护好他们，他们是无辜的。那血字映入乔尔曼的眼里，令他想要落泪。

在年轻人的口袋里，他找到了一张身份证，他默默记下了这个年轻人的名字——克罗地，然后和战友们推着婴儿车走了。

一年后，乔尔曼已经是一个著名反战组织的领导人，他常常回想起那场战争，想起那次大屠杀，想起那两个差点被屠杀的婴儿，想起那个年轻人，到底是什么原因，让他不顾生命的安危，全力保护两个陌生的孩子。

带着诸多疑问，乔尔曼来到了克罗地所在的家乡，经过打听，终于在一个老人那，他得知了克罗地的故事：克罗地是班加西的一名医生，战乱后，他成立了一个叫阳光天使的诊所，深受广大士兵的喜欢，当得知布雷加发生战乱时，便赶到了这里，准备转移走这里的150名孩子，但还只剩下两个孩子时，炮弹便就落了下来……

老人说，当时布雷加难民营没有一个政府军，敌人轰炸这里，只是为了给政府军强加一个屠杀的罪名，老人说："克罗地用他的生命，点亮了布雷加的夜空，也点燃了所有难民的希望和决心。"

乔尔曼说："他还点燃了一个士兵麻木的心，我相信，他的牺牲会唤醒更多支持和平人士的信心和希望。"

值得一说的是，乔尔曼现在每天都在忙碌着，他希望这个国家不再有战乱，不再有纷争，有的只是鲜花和爱心。

斯纳尔的胡须

今年 65 岁的丹・斯纳尔是美国犹他州默里市市长，斯纳尔留着 46 厘米长的翘八字胡，这把胡须他留了 3 年多，可能是犹他州乃至美国最长的八字胡，必须用特殊混合喷雾和强效凝胶定型。这长长的翘八字胡已经成为他的个人标志，闻名全美。

今年 1 月初的一天，斯纳尔出门前，准备和妻子阿普丽尔道别，但细心的阿普丽尔发现，她居然无从下嘴，这让阿普丽尔十分恼火，阿普丽尔对媒体说："斯纳尔的胡子较短时，显得有些绅士范，随着胡须越长越长，感觉像怪胎，而且他还经常做些让我感到不可理喻的事。"

夫妻俩的感情也因此逐渐走到了边缘，而且父母也强烈反对，甚至指责他的形象令默里市蒙羞。

为了挽回妻子的感情，斯纳尔打算去剃掉他的胡须，但是他很快发现，他的胡须已经成了犹他州默里市的别致标志，他竟然无权自己决定。

阿普丽尔只好走上街头，希望以演讲的方式说服大家支持她的丈夫剃掉胡须："我现在对他的胡须已经忍无可忍，这严重妨碍了我们的感情，朋友们，你们也能理解，一个完整美好的婚姻可比他的胡子更重要吧。"阿普丽尔的演讲获得了普通民众的广泛支持，市民诺厄・哈德曼坦然承认，虽然他认为市长的胡须造型别致，令人印象深刻，但和婚姻比起来，孰轻孰重就很清楚了。

阿普丽尔的举动引起了当地数家媒体的关注，他们很快找到了阿普丽尔，了解相关情况后，针对斯纳尔的胡须进行了一项民意调查，民调结果显示，有一半的民众支持斯纳尔的翘八字胡。

由于民意分歧严重，默里市市政厅的官员和议员们在5月底召开了一次会议，这次会议参加者全部是支持者和反对者的代表，会议决定将在7月4日的游行时举行投票，市民大拇指朝下表示支持阿普丽尔，让斯纳尔剃须；竖起大拇指表示支持斯纳尔保留八字胡。斯纳尔会上向民众道歉说："作为市长，我优先考虑的事情应该是我的形象问题。但是家庭也对我很重要，我妻子已经说了，要么选择胡子，要么选择她，我已经别无选择了，我很抱歉。"

可喜的是，在7月4日的投票中，大半的市民选择了支持斯纳尔的家庭。市长胡子剃否，需要市民投票决定，这引起了全球媒体的关注，斯纳尔被敬称为"最为民服务的市长"，他们还评论说，一个市长要想真正干好，就必须以民众的利益为重，就必须让每一个市民都具有这种决定权。

迪纳摩体育场上的雕像

在乌克兰的首都基辅，城中心的体育场外矗立着一尊雕像，70多年前，他带着一群面包工人在绿茵场上以5比3大胜德国队，事后，多名球员意外死亡，人民为了纪念他们不屈的爱国精神，便在迪纳摩体育场外竖起了这尊雕像。

那是在1941年9月19日，纳粹德国经过惨烈的围城战，攻占了乌克兰首府基辅。一年后，德军当局为了立威，组建了一个小规模联赛，一共有四支队伍参赛，其中三支都是德军当中球技精湛的士兵。在德国人看来，这是一场毫无任何悬念的比赛，因此，德军当局对比赛大肆宣传，并印制了大幅精美的海报，甚至还打出了乌克兰必败的横幅。

这让所有爱国的乌克兰人都无法接受，面包店的老板普提斯汀克当即撕下了横幅，跑到德军当局那，誓言要参加比赛。一个军士嘲讽地说："凭几个面包工，也想打败我们的铁骑？"但是显然他想错了，普提斯汀克的面包工都是来自著名的基辅迪纳摩俱乐部，于是，没费什么力气就组建了队伍，并将队伍取名为"起点"。

起点队投入联赛后，其火爆的表现令死寂的球市重现活力。1942年8月6日，该队以5比1狂胜德国Flakelf队，这让德国当局感到面上无光，他们要求三天后重赛，为了阻止"起点"，德国当局甚至派人到面包店公开恐吓："要是赢了重赛，你们可以知道后果是什么！”面对赤裸裸的死亡威胁，所有的球员都很沮丧，大家都很清楚，最稳妥的做法，就是找借口退赛或故意输球，但是很显然，没有人会接受这个决定，球员哥查伦柯在回忆录中这样说：“队员们最终决定，该怎么踢就怎么踢。”“运动就是运动，”他说，“我们不想输。”

重赛地点选择在泽尼特体育场，一出场，德国队采取粗暴袭击，致使守门员特鲁斯维奇昏厥，特鲁斯维奇遭袭激发了全体队员的斗志，哥查伦柯大喊：“兄弟们，给特鲁斯维报仇。”毫不屈服的队员们，始终牢牢控制着场上局势，最终以 5 比 3 胜出。

这次球赛后，先后有三名队员死于党卫军的枪口下，尽管没有任何证据证明他们的死与赢球有关，但是越来越多的人把这次比赛称为“死亡球赛”。1981 年，由史泰龙与球王贝利等联手打造的电影《胜利大逃亡》，据说就是受此启发。

2012 年，由俄罗斯投资拍摄、以二战为背景的电影《死亡球赛》在全球公开上映，虽说引起了巨大的争议，但也受到了众人的追捧，迪纳摩球迷俱乐部经理基里尔·博伊科说：“尽管没有文件可供佐证，但我们都爱着这个国家，爱着这支球队。我们宁愿相信那个关于死亡球赛的传说，因为我们觉得那不仅仅只是一场球赛，更是代表了我们国家的一种坚强拼搏的精神。”

假如灵魂里没有太阳

蕾丝是美国佛罗里达州的一个千万富翁，年轻时，她一手创建了自己的产业帝国，经过二十年经营，她公司的足迹已遍布全美各地，但是很遗憾的是，蕾丝和丈夫离婚了，她一直想要个自己的孩子，便有了认义女的想法。

蕾丝把想法刊登在了报纸上，不到一天的时间，前来应聘的孩子就达到了两千名，经过层层选拔，最终留下了20名孩子。

蕾丝把这些孩子带到了一条狭长的泥泞小道上，一千米处有张桌子，桌子上摆着一粒金光闪闪的珠子。

“孩子们，你们谁先到达终点，拿下那粒珠子，就是我要找的人了。”蕾丝目光扫过这些孩子，缓缓地说。

一声令下，孩子们争先恐后的朝前跑，因为路道狭窄，不少孩子都摔倒了，但是跑在前面的孩子没有一个停下来，后面的人甚至踩着她们的身体跑过去。

这时，跑在最后的一个女孩停了下来，扶起摔倒的孩子们，女孩朝蕾丝喊：“夫人，这里有人受伤了，需要帮助。’“你需要什么？”蕾丝有些失神：“孩子，你得想清楚，这是比赛。”

“我知道正是因为比赛，我才不想让一个人掉队。”女孩斩钉截铁地说，“需要4块创可贴，一捆绷带。”

女孩拿到东西，迅速地帮同伴们包扎好，然后一起扶持着同伴继续朝前奔跑。蕾丝的目光有些炙热:“孩子，你就不怕失去拿第一的机会。”

“我也想拿第一，可是对于我来说，有些东西比结果更重要。”女孩边说边扶着大家朝前跑。

等她们到达终点的时候，已经是最后了，但是细心的女孩发现，桌子上金光闪闪的珠子还在，她惊喜地跑过去问:“难道是我拿到了第一名吗？”

蕾丝满意地看着她说:“是的，你成功拿到了珠子，从今天起，你就是我的养女了。”

“可是她是最后到的，我们才是先到的，凭什么我们到了把珠子升起来，她到了又放下来？”许多孩子都不满地闹着。

“不，你们都想错了，虽然你们达到了终点，可是你们是踩着别人的疼过去的。当一个孩子的心中没有了爱和温暖，只为利益不择手段，那她的人生哪还有光明？”蕾丝语重心长地说，“善良和爱心才是这世上最宝贵的财富，就像这次比赛，其实我考察的是你们的人品和态度，那才是你们成长的太阳。”

所有的孩子都羞愧地低下头，她们真正明白了，在成长的道路上，如果没有了太阳，人的灵魂就会慢慢僵硬，因为它再也没办法取暖。

让放学提早半小时

2012 年 2 月，古巴圣地亚哥省省长罗兰多·耶罗·加西亚突然发布了一条行政命令：把学生放学的时间提一个小时。

虽然只是短短的一个小时，但是依然引起了社会各界的强烈抗议。因为这个时间的变动给很多行业都带来了冲击。冲击最大的是当地的零售业，就因为提前一小时放学，学校附近的商铺也相应地缩短了营业时间，从而减少了营业利润。学校的老师感到不解，学生的职责是来学校学习的，提早一个小时放学，那么学生在校的时间少了，自由的时间就多了，可能因此而涣散，会不利于学生的成长，更不利于学校的管理。因提前一小时放学，各地的公交车管理中心要调整其公交班次和采取相应的措施，以应对提前到来的客流高峰。

在该行政命令颁布以前，圣地亚哥学生的放学时间是下午六点。因学生家离学校的距离各有不同，稍微较远的学生，回到家时就已经天黑了。因路途较远且又没有路灯，不少同学不得不随身携带着手电筒上下学，给出行带来极大不便。

一个读初一的学生怀着期待给省长罗兰多·耶罗·加西亚写了一封长信，他在信中说，由于很晚才放学，他每天必须得带着手电筒赶夜路，都很久没仔细欣赏美丽的明月了。他说，他最大的梦想就是吃完晚饭后，邀几个朋友一起赏月谈心，这样，他每一天都可以伴着明月入眠。他说，这并不是他一个人的心声，而是和他一样有梦想有追求的同学的心声，他希望省长罗兰多·耶罗能帮助他们实现这个小小的梦想。

孩子的来信，深深震撼了罗兰多。他亲自跑到孩子所在的学校，陪这个孩子一同回家，等他们到家时，已经是晚上 8 点半了。罗兰多这时感觉是又累又饿，别说散步赏月了，就连多动一下都不愿意。通过调查，像这种情况比比皆是，大多数孩子放学后饿着回家，这不仅影响到了孩子身体的正常发育，还严重制约了孩子的兴趣发展。

这让罗兰多做出了一个惊人的决定：让学生提早一个小时放学。这个决定有人支持，但更多的人很惊讶，因为罗兰多颠覆了几十年的教育传统，有人说他疯了，更有人骂他是历史的罪人。

“我不介意别人指责我是历史的罪人，我认为这是一种改革，是改革总会有人说三道四的。”罗兰多在接受媒体采访时说，“提早一个小时放假，就能让学生们早点回家吃饭，还有时间去放松一下，培养自己的兴趣爱好，这可是功在万代的好事。”

跳出风景来看风景

那一年，他的人生遭遇滑铁卢，生意亏损，女朋友也跟别人跑了，不管他如何挽留，她都始终不再多看一眼，她的绝情，彻底让他失去了活的勇气，他整日沉溺于白酒当中，常常醉得不省人事，好几次都是酒店老板好心送他回去。

望着日益消极的他，好友都焦急万分，可办法想尽了，依然不奏效，最后，好友无奈之下把他送回了老家。他的老家在美丽的南方，老家附近有一个小公园，从小到大，只要有空，他都会去那里坐，看花，看水，或者发呆。

好友在他家待了几天，他在那个公园里就坐了几天，离开前，好友建议他去爬山，他欣然同意。登山的地点，就选择在公园的对面。刚出发时，好友问他："公园美不？"他看了看好友，点头说："美，美在心中。"好友笑了笑。接着朝前走，快爬到半山腰的时候，好友接着问他："公园还美不？"

他不解地看了好友一眼，说："有点模糊了，不太清楚。"好友笑着说："那是因为你跳出来了。"

到了山顶，好友接着问他："那你还能看到公园吗？"不等他回答，好友把他拉到一棵大树下。"之所以你觉得那个公园美，是因为你天天都坐在里面，见不到其他的美景。现在你站在了山顶，凭高眺望，你就会发现，更美的风景其实在你的前面。"好友慢慢地说着，“你所经历的生意失败，缘分分离，就像你所在的公园，因为整天都沉溺在里面，所以只看到它对你的影响，你要是跳出来了再看，你就发现那只是你人生中短暂的一笔，你还要继续朝前走。再说了，你十年前的那次失败比现在还严重，你还不是照样跳出来了。”

好友一席话，深深震撼了他。是啊，十年前，他还是学生，雄心壮志的他和好友组建了一家公司，结果因为经营不慎，亏损严重。欠下巨额债务的他一度想到了自杀。但是生活还是要往前走，后来，他收废品、摆地摊，硬是还清了所有的债务，凭借这些经验，他毕业后重新组建了自己的公司，生意做得风生水起。现在回想起来，当初之所以想不开，是因为他把那次失败当成了自己人生的全部。事实上，只要跳出来，再大的失败，也不过是人生中的一笔而已。如此说来，如果他的人生阅历足够丰富，那么那些失败基本就可以忽略不计了。

下山的时候，他们选择了另一条路，好友拍拍他的肩膀说：“凡事都要跳出来看，这样才能看得远，看得清。”

他默默地回味着这句话。一路上，美景无数，但他都无心眷恋，因为最好的还在前面，而那些让他纠结的恩怨是非爱恨情仇，像轻烟般从他心中消散，整个世界也就变得云淡风轻了……

让总统给你跑腿

24 岁的徐小美从纽约大学毕业后，辗转来到俄亥俄州，经营了一家超市，由于头脑灵活，对人热情，她的生意越做越大，短短两年，她就连开了三家连锁超市。她的人脉资源也越来越广，2011 年，她成了当地多个民间协会的主席。

2012 年 7 月，奥巴马与罗姆尼的竞选如火如荼。有一次，徐小美参加聚会，期间有很多人问她："小美，你打算支持谁？"徐小美想都没想就说："奥巴马吧，毕竟他已经执政四年了，有经验，并且对我们这些亚裔百姓也比较宽容。"徐小美没想到，她的一席话竟赢得了大家的一致认同，朋友们都表示愿意跟着她走。

徐小美一夜都没平静下来，一来她没意识到自己的影响力会有那么大，二来她也想分杯羹。她想，要是把店里所有的产品，都印上候选人的名字，那她的产品一定会更受欢迎。徐小美是个想到就做到的人。两天后，她店里所有的产品都印上了奥巴马或者罗姆尼的头像，精明的她还把小店的名字改成了总统候选人超市，墙壁上的电视，不停播放着总统候选人的宣传广告，徐小美还买了一些凳子，把一间杂物间改造成了聊天喝茶室。

果然，徐小美的总统候选人超市一推出，就立即受到了选民的追捧，不到三个月，超市的利润率连续翻了几番，聊天室里也是人满为患。

一周后，一个叫罗浪的人找上门来，他自称是罗姆尼竞选班子里负责亚裔选民的宣传人员，他说，只要把奥巴马的头像撤下来，他们愿意每月支出 10 万美元的补贴。徐小美点头答应了。于是，短短几天里，她就撤掉了所有关于奥巴马的头像，而罗浪也遵照承诺，支付了第一个月的补贴。

不久后，《纽约时报》发布在俄亥俄州的民意调查，罗姆尼的支持率已经遥遥领先奥巴马，这让奥巴马阵营慌了神。奥巴马的助手找到她说，只要能把罗姆尼的广告撤下来，他们愿意每个月多支付 10 万美元的补贴，总统也能来她的店里帮忙。因为，罗姆尼的竞选班子没有和她约定期限，所以等到月底后，撤下罗姆尼所有的广告，也不算违反协议，徐小美很顺利地和奥巴马竞选班子签下了合作协议，按照协议，奥巴马应该免费为她跑腿三次。

10 月 28 日，一身轻装的奥巴马来到了徐小美的店里，开始了他的第一次免费给客户送产品。让奥巴马意想不到的是，客户正好也是他的粉丝，两个人还合照了一张相片，摆放在徐小美店里的墙壁上。

总统也来给徐小美打工！这立即让徐小美的人气水涨船高。因为业务太好，她不得不临时请了三个人帮忙。

奥巴马赢得大选后，也最终兑现了他的诺言，免费为徐小美跑了两次腿，当然，徐小美可没忘记好好地宣传，当然她的生意也是日日红火，赚得盆满钵满。而现在，她正在筹备第二家分店。

徐小美的故事告诉我们，只要你有足够的创意，财富就会源源不断地涌向你的怀抱，只要你有足够的创意，连总统也得乖乖地为你跑腿。

跳出自己的圈子

记得从师范毕业后，我和同学都被分配到了一个偏僻的农村小学。

学校附近有两块地，一直没人打理。我们离家远，只好住学，闲暇时，我们便种起了西瓜，浇水、施肥、除虫……在我们的细心呵护下，当年摘下的西瓜足足堆了一间教室，我们把西瓜分送给同事和附近的农民，受到大家的一致赞誉。

第二年，我们仍然在原来的地方种西瓜，但后来发现，西瓜苗长势却没有先年的丰茂，开的花也少了，收获的西瓜自然也减产了，只有去年的五成。我们以为是肥料的原因，到第三年的时候，足足施了一袋子肥料，但收成已只有前年的三成。

我们几乎绝望了。第四年的时候，同学便说，要不，我们换块土地种西瓜。在学校的后山里还有几块荒芜的土地。

于是，我们便改变了策略。距离虽然远了点，但不影响我们的热情。让我们欣喜的是，西瓜苗的长势又回到了第一次种植的光景，那年收获的西瓜比第一年还多了一半。

自从有了那次经验后，以后我们再种西瓜时，便不停地更换土地，问起老人，才知道西瓜极耗土壤的营养，一块土地就那么点养分，一次被吸干后，就必须得休养生息，否则收获必然惨淡。

后来，我去了很多乡村考察，发现很多农作物的种植，比如辣椒，聪明的农户每年都会选择不同的土地种植，想来，这些作物的种植，如果不采取轮种的方式，再好的种子，再精心的照料，都无法取得好的收成。

生活中，我们每个人难免遇到各种各样的挫折，如果只局限在已有的思维领域里，就很难做出变通，受伤的无非是我们自己。遇到这种情况，我们唯有跳出自己的圈子，用发展的眼光看问题，另辟捷径，方能在绝望中燃起希望，到达成功的彼岸。

跳出自己的圈子，其实是一种策略，它强调的是从外因入手，通过从头再来、重新奋斗的方式，改变自己的困境，最终获得成功。其实，这种策略和我们种西瓜是一个道理，一块土地不行了，就再换一块，种过了又再换一块。

朋友，当你在人生路上遇到绝境时，我们何不跳出自己的思维圈子呢?

你没有办法不内心强大

22 岁，我读研究生，于紧张学习的同时，我迷上了文学。买了台电脑，一有时间就爬格子。

我还把写好的文章，分发给同学们看，提意见，然后再修改。

好几个同学觉得我不可理喻，因为我写的文章，他们总觉得不好，而且写了两个月后，没有一篇发表，既然没有这个天赋，何必再固执己见呢？

更有室友开始打击起我："你写那么多，有编辑看吗？没准就扔到垃圾桶里去了。"

"那也说不定，第一次不看，第一百次不看，说不定第一百〇一次就看了。"我坚定地回答。

有时，室友也暗含讥讽地说："大作家，给我签个名吧，也许五十年后，你成名了，我还可以拿你的签名买个包子吃。"其他人也纷纷劝我："还是务实点吧，好好学习，再好好找份工作。""可是我的梦想是当名作家。""你有什么资本当作家啊？你看看你，和我们一样平凡。"

说实话，那一刻我心底真泄气了。我有什么地方可以比他们强呢，我长得不高，不帅，写的文章也一般，简直一无是处。我想到了放弃，可是我知道，如果连这个仅有的梦想都不去实现，以后人生的路怎么走，那不真成了一段没有光亮的悲惨路？

我无法说服自己，唯有坚信自己，唯有勇敢寻梦。

我把自己写的文章订成册子，去拜访了当地几位有名的作家，在得到他们的充分肯定后，我越发有了坚定的信心。一个月后，我的第一篇小说发表在了《辽河》，当我喜滋滋地把样刊给同学们分享时，室友不屑地说："那是杂志版面不足了，没人写，才让你捡了条死鱼。"

但此时，我对他的冷嘲热讽已习惯了，我甚至在想，我的生活中可能还需要这么一剂添加剂——他越是否定我，我就越对自己充满信心。

三年后，我的文章已经遍及了大江南北，还出版了四本个人专著，而那位曾经嘲讽我三年的室友，开开心心地接受了我的新书，成了我的一名读者。

感谢那段风华正茂的青春，22岁的年纪，心中装的正是绚丽多姿的梦想，逐梦，纵使气馁过，挣扎过，也会迅速调整自己想离开的步子，然后毫无畏惧地朝前走。

成功的路上总会荆棘遍地，要想顺利达到彼岸，你没办法不内心强大。

把自己埋进芬芳里

有一个朋友，长得年轻又漂亮，但自从当上董事长秘书后，日子过得越来越闹心。不是有人说她和董事长有一腿，就是有人耻笑她因卖弄风骚才得到了宠幸。最糟糕的是，接连几次相亲，本来见了后都情投意合，但只要听到她的工作性质，所有的男生都对她避而远之。

这让朋友感到很困惑，平心而论，她觉得自己很清白，和董事长也只是工作上的接触，尽管她一次次解释，但都只是徒劳，而且她发现，以前很要好的闺蜜，也和她是渐行渐远。

很多个日日夜夜，她都以泪洗面。后来，她只好辞职，自己开了家公司，但风言风语没有减少，甚至更多的人怀疑她的公司是董事长给她注的资。

一次，在网友的建议下，她决定去拜访一位德高望重的大师，她把自己这些年所受的委屈一股脑地说了出来，大师听了只是笑笑，然后把她带到了一片空旷地带，摸出一粒种子说："现在你去把它种在前面的泥土里。"

尽管很困惑，但她还是依言做了。锄地，施肥，放种，培土，然后转身。大师说："你现在感觉怎么样？"她摇摇头，大师凝重地说："那是你把自己埋得还不够深。"她似若有所悟，但依然有些茫然。

又掘些土。大师语重心长地说："知道我为什么要你这么做吗？

你在意别人的看法，只是因为你把自己埋得太浅，如果埋得深，那些风风雨雨，还能影响到你吗？”

她恍然大悟。

之后的日子里，她努力地工作，公司不断地扩张再扩张，直到有一天，董事长的公司也被她并购了，所有的谣言都不攻自破。

后来，在公司每次新员工的培训大会上，她都要说起当年的往事，当有人问她怎么处置烦人的流言蜚语时，她笑着只说了一句：把自己埋进泥土的芬芳里。

辣椒萝卜心

那不过是自己晒制的一些辣椒萝卜，还有酿制的辣椒酱。她背着这些东西，站在人头攒动的火车站，显得格外打眼。

这是七月天，炎热的气浪烤得沥青路面如烂泥，她赶了七个小时的山路，浑身浸透了汗水，满脸通红。

她就站在售票处，问到株洲多少钱。可人实在太多了，她的声音很快被嘈杂声掩盖下去，她只好再次提高声音。当得知坐普快要八个小时，但价钱却比特快便宜了一半，她毫不犹豫地选择了前者。

于是有人问她，你这里面装的是什么啊？她笑着说，辣椒萝卜还有辣椒酱，我儿子最喜欢吃的。

就你过去这折腾，就够辛苦的了，还不如寄运去实在。她却摇摇头，她不是没想过这个问题，只是她的儿子都进医院半个月了，没办法优质保存。

她匆匆买了票，提着行李，上了火车，第一次坐火车，她差点晕迷过去，还是列车员赶紧扶住了她。

和她同坐的也是一个妇女，旁边也是带了很多行李，两人就聊了起来，不聊别的，就聊她们的儿女有多么懂事，多么的孝顺。

言下间，都充满了自豪。

末了，她小心翼翼地打开装辣椒萝卜的瓶子，用筷子夹了一点给那个女人吃，女人尝了，尖叫起来，又甜又脆，怎么世间还有这样的美味啊。

她笑了，不过是加了点糖，做的时候用了点心。

女人的叫声吸引来众多旅客的围观，她就让每位乘客都夹点尝尝。每个人都夹一点点，大家都知道，那是她带给儿子最珍贵的礼物。

后来大家才知道，她的儿子是位见义勇为的好青年，因为和歹徒搏斗受了伤，躺在病床上的儿子特别想吃母亲做的辣椒萝卜，于是便出现了大家所见到的这一幕。

快下车的时候，她才把瓶子盖收，然后有些愧疚地朝大家颔首，辛苦你们了，第一次出远门，感谢你们的陪伴。

她笑着下了火车，一群人争着给她带路。骄阳下，她的步子沉稳而迅捷。她只是一个平凡的母亲，一个为了给儿子送辣椒萝卜，走了三十里山路，坐了五个小时汽车，八个小时火车的母亲，可是在大家眼里，大家看到的却是一颗晶莹剔透的母爱心。

父母的岁月，儿女的情长

他是由父亲一手带大的。他的父亲和别人的父亲不同，犯过事，因为抢劫。

从此，他便成了被大家鄙视的对象。

他的母亲，在他父亲进派出所的那两个月里，因为受不了过贫穷和被人耻笑的日子，便跟人跑了。

他只好跟着父亲去流浪，从一个城市辗转到另一个城市，直到他们在一个无人认识的山村里安家。

房子是父子俩一起盖的，他们还在山脚边种起了菜，父亲每天都是风里来，雨里去的，为的只是能给儿子多赚些读书的费用。

8 岁，他终于第一次坐在明亮的教室里，他深知学习的来之不易，一有闲暇时间，就迫不及待地拿起书。在昏暗的煤油灯下，父亲瘦弱的背影是他的天。

他常给父亲朗读古诗，父亲不懂，他耐心地一句句地解释给父亲听，末了，还认真地说："等我将来长大了，我也送你去读书。"

父亲听了后便笑了，用粗糙的手抚摸着他的肩膀，他突然想到，要是父亲能用这双手多摸点书，也不会为了些许小利去抢劫了，那他们也不用到处颠沛流离，而母亲断然也不会因此离家出走了。

冬天到了，他跟随着父亲去打猎，走到悬崖上，父亲突然停住了，他循声望去，是一列飞驰的火车，良久，父亲才讷讷地说："你母亲就是乘这列火车走的。”他们虽然流浪过很多城市，但从没坐过火车，也不知道火车的终点在哪里，从父亲的描述中，他只知道母亲住的是很漂亮的洋房，有车，还有游泳池。当时他郑重地向父亲承诺：“等我将来大学毕业了，一定坐火车把母亲接回来。”

他确实很用心地念着书，后来大学毕业后，他去了沿海，几年打拼下来，他成了一家公司的销售经理，也经常坐着火车到处奔波。父亲便问：“你见着你母亲了？”

他觉得父亲真的很可笑，那么多火车，父亲根本不知道母亲坐的哪列，却心一软，说：“等我有假了，我就去找。”父亲便欢喜得像个孩童般手舞足蹈。

还真的请到了探亲假。他回了趟老家，询问到了母亲现在的住址，又买了张票。刚出发时，公司便来电话了，说有个重要的会议，要他迅速赶回来，他犹豫了会儿，还是没回，他想：少个人，会议还可以继续进行，但父亲的心愿，不能没有他。

找着母亲时，她正病着，两个人稀稀拉拉哭了一阵儿，他这才知道，母亲远非他们想象的那么好，出来一年后便被人甩了，又无脸回去，就只好做些小生意，维持生计。那几天，他衣不解带地照顾着母亲，无怨无悔。

后来，他把父母都接到了身边，又送父亲去读老年大学，周末的时候，他常常带着父母亲去游玩，那情形，就好像母亲从没抛弃过他一样。

他常对人说，父母的岁月，就是儿女的情长。

让爱在春风里集结

一个风和日丽的早上，我决定带 5 岁的女儿回老家看看。

长这么大，我还是第一次带女儿回老家。一路上，女儿走走停停，眼睛里弥漫着惊喜和兴奋。走到油菜花地里，女儿惊叫起来，她说，她从没见过这么漂亮的花海，女儿在这朵花上闻闻，那朵花上瞅瞅，开始飞奔起来，像一朵飞翔的云。

女儿说，她要采几朵回家，我赶紧说，她们还没把爱施给人间，你这样带走她们，她们会伤心的。女儿却惊奇地看着我。我告诉女儿，油菜一生虽然短暂，但她们每时每刻都在默默奉献着：花粉献给了蜜蜂，油菜籽炼成了植物油，茎做了燃料，根还是珍贵的肥料。我指着一只飞舞的蜜蜂说，你看，她们的仰慕者来了。

女儿若有所悟地点点头。

到了邻居的水井旁。女儿兴奋地走到摇水井（抽取地下水的一种装置）旁，摇起来，水就哗啦啦地往下流，女儿尝了几口，她说，在城里面，她从没喝过这般又甜又清澈的水。

老家前面载满了树，父亲刚从镇上买回一批橘子树，正在紧张地忙碌着。女儿赶紧跑过去说：“爷爷，我来帮您。”

父亲抱着女儿，乐呵呵地笑。

蓝蓝的天空下，一老一少就忙活起来，父亲挖坑，女儿就放树苗；女儿浇水，父亲就培土，满世界都只剩下他们的欢声笑语。

女儿说："爸爸，我也想带几棵树苗回去，我把它们放在小区里面，等它们长大了，结出了橘子，我把它们分给邻居们，让爱温暖每一个小区的人们。"

我笑了，我说："乖女儿，这想法很好，我赶紧去给你找花盘去。"

没风，也可吹散你眼前的乌云

小张是我新认识的一个朋友，第一次见到他的时候，是在酒吧。当他下来的时候，我看见他的两只袖子里空空荡荡的，后来我才知道这一年半来，他一直都是用脚趾在琴键上踩出流畅的音乐。

我决定去拜访他。当我们成了朋友后，我才知道，他出身于一个殷实的家庭，父母都是钢琴师，在父母的熏陶下，他从小就热爱钢琴，十四岁那年，他参加了全省的青少年钢琴大赛，拿到一等奖，那个时候，他最大的理想是能办一场属于自己的音乐会。他也在一直努力。

可是不久后的一场不幸却差点终结了他的梦想。那一年，他十六岁，和同学去郊外探险，不幸遇到了塌方，他被半空落下的巨石压在了下面。最后还是闻讯而来的消防队员给他锯手，他才得以脱险。

躺在病床上，望着被截断的双臂，他万念俱灰。

他不能接受这个事实。父母只好给他请来心理医生，在他们的一次次劝慰下，他才慢慢平复自己的心情。

有一次，市里体育馆举办一场大型钢琴演奏会，父亲带他去，他显得很高兴，可出门时，他却哭了。父亲问：“你哭什么？”他说：“我还想弹钢琴，可是没有手，我怎么弹？”父亲一字一字地说：“没有手，你还有脚啊。”他把这话听了进去，他真的尝试着用脚趾去弹。

高考那年，他凭着肖邦的一首名曲成功考进了一所音乐学院。有一次，他和同学讨论将来的理想，几乎所有的同学都说，他们都希望将来能成为一名出名的钢琴家。只有他没说话，其实，他不是不想，只是失去了双手，他感到前程一片黯淡。

父亲听说后，特意来找他，也没说话，默默地把一张光碟给了他，碟子里讲的是一个失去双手的人靠咬着筷子在键盘上打字，如何成为一名作家的。看完后，他的眼里一片潮湿。父亲语重心长地说：“这个世界上，比你不幸的人多得是，但只要有心，你甚至可以比正常人过得更幸福。”

他笑着对我说：“从那以后，我终于明白，梦想的实现，并不仅仅是靠双手，更重要的是，要有一颗坚持不懈的心。”他还告诉我，大学的这几年，他都是靠着在外面弹琴来养活自己的，一方面可以积攒经验，另一方面可以让自己学会独立。

再次见到他，是在他的毕业钢琴演奏会上，靠着牙齿和双脚，他完美演绎了一首首肖邦名曲，结束时，台下的掌声整整持续了十分钟。

每个人在前进的路上都会遇到这样或那样的挫折，但只要有心，并不屈不饶地去奋斗，我相信，即使没风，也可以吹散浮在你眼前的乌云。

一枚硬币的感动

那年，我研究生毕业，签了重庆一家杂志社，而女友在达州上班，因为距离，我从没有奢望我们能在一起。有次，她突然说她不喜欢那份工作了，想来重庆工作，我高兴极了。下了班，我立即买了份《人力资源报》，我对女友说，周六周末杨家坪有两场招聘会，还有一个杂志社招聘文员，你最适合。

女友是第二天晚上八点半的车，我以为她是在重庆火车站下车，结果不是，要到火车北站，从这里到火车北站有段距离，加上我对重庆不太熟悉，我只好早早搭车去了北站。

和女友一个深深拥抱之后，我揉着她的头发说："我们去吃点东西吧。"在火车站附近一个面馆里，我们点了两碗最爱吃的牛肉面。结账时，一个小女生叫我到前台去，我摸出一张十块钱，她拿了钱，迅速地撕掉一角，然后说："你这张钱坏了，不能用了。"由于她的动作太快，我只顾着和女友说话，就没注意。我只好又拿出十块钱，她飞快地又撕掉一角然后说："还是坏的，你看看。"她把钱摊开，果然少了一个角了。"哦，也许是别人找时，我没注意。"我只好翻钱包。里面只有张五十块的了，这次我仔细看了看，是完整的。"那两张要不要给你换了。"女生热情地说，说完不由分说，给了我一大沓五块的，因为是晚上，我也没仔细数，就放进了自己的钱包里，出来准备打的，钱包却不翼而飞了。

我只好自认倒霉，女友过来，也没带钱，我翻遍全身口袋，才发现只剩下一块一元硬币，我苦笑，看来我们只有走路回去了。从火车站到体育场有一个多小时的路程，开始的时候，两个人都走得有劲，不时还说说笑笑。走到一半，天也冷起来，一把把寒风不时撞进身体里，冻得我发抖，女友把身体紧紧靠着我，我伸出一只手，紧紧抱着她，可她的身体还是在颤抖。

更不幸的是，天空里飘起了雨点，我们走在空旷的街道上，根本无处躲藏，我很少遇到这样倒霉的天，雨水顺着我们的脸庞流下，分不清她脸上是泪还是雨。我慌了，连忙抱着她，替她擦去水，说："秀儿，不要哭，都是我不好，让你受苦了。"女友一个劲地摇头，那一刻我自责极了，连忙脱下外套盖在她的头上。

又过了一条街道，一辆出租车在我们身边停下，"兄弟，要坐车么？"我连忙摇头："不要，谢谢。"我们继续往前走，那辆车也跟了上来，司机说："听口音你也是外地人，这年头，在外谋生，谁也不能担保不出什么意外，对了你要到哪里？"我停住看着女友，我说我要到体育场，司机说他也住那里，刚好顺路，刻意搭我们一程。我一咬牙，拉着女友就往里面钻，我想顶多是到住的地方，再把钱给他。

车里很暖和，我想这辆出租车应该是重庆最温馨的车子了，一路上我们聊了很多，他也是外地人，刚来重庆时也受过很多苦，他知道打工人的辛苦。该下车的时候，我说："我身上只有一块钱，大哥如果您不急，我去寝室给您拿。"司机微笑着说："一块钱够了。"我把硬币递过去，司机紧紧握着，然后又把带着体温的硬币放在手心里："这一枚硬币就当我们交个朋友，你拿着，如果你真有心，可以加入我们打工者服务协会，多做一些力所能及的好事。"

现在，我们都结婚一年了，还常想起那个夜晚，那枚硬币。就从那天起，不论何时、何地，只要有能帮助别人的地方，都不能阻止我助人为乐的决心。

第三辑

给对手开一朵绚丽的花

父亲语重心长地对我说：“我想要告诉你，给别人开一朵花，其实也是在灿烂自己的生命本色。同样的道理，我让大家都来开海鲜店，表面上，你像是亏了，但大家只要有序竞争，反而能形成一个品牌，用一个拳头说话，客源当然不足为虑了。”

改变一生的一道面试题

它不是一道经典的面试题，但是却改变了我的一生。

阿鹏是我大学期间的好哥们。大四那年，我们同去一所公司应聘。面试的最后主考官是公司的董事长曾先生。在面试即将结束的时候，曾董不经意地说道："你们看，今天的天气十分晴朗。但是天气预报说明天将会有暴风雨。你们能不能用虽然但是这组关联词，将这两个简单的句子联系起来。"阿鹏想也没想，就抢先回答道："虽然今天是晴天，但是明天会有暴风雨。"我回答说："虽然明天会有暴风雨，但是今天是晴天。"董事长也不再说什么，就叫我们回去等消息。回家的路上，胸有成竹的阿鹏，还笑话董事长问这么弱智的问题。而我却久久不能琢磨出董事长的深意。

半个月后，我意外地收到了公司的聘书，而阿鹏落选了。后来，阿鹏应聘上了沿海一家同行业的公司。

再次遇到阿鹏的时候是在今年的同学聚会上。本来以为当年专业技能比我优秀的阿鹏能过上白领的生活，没想到他却告诉我，由于全球金融危机的影响，公司的业绩急速下滑。为此公司不得不裁员，很不幸地，他也成了失业大军中的一员。当我告诉他，我所在的公司这个季度已经盈利百万，而我也已经是公司销售部的经理时，阿鹏并没有我想象中的那样吃惊，而是给我讲起了他与我们公司董事长曾先生的一段往事。

有一次，他和曾先生一起去和另一家公司洽谈业务，无意间与曾董谈到那次面试。曾董对他说：“你知道吗？当时你真的很优秀，在专业技能、团队管理上都要比小郭略胜一筹。但是你知道当时我为什么没有聘请你，而聘请小郭吗？”阿鹏摇了摇头。曾董接着说：“面试的时候，你以为我是无意地问你们天气的关联词吗？其实不是，那是我考察你们对待工作、对待生活的态度。”

说到这里，曾董顿了顿：“当时你的回答是，虽然今天是晴天，但是明天会有暴风雨。而小郭的答案，虽然明天会有暴风雨，但是今天是晴天。你们两个的侧重点完全不同，你注重的是明天的暴风雨，而小郭恰好与你的相反。由此可以看出，你消极而小郭积极。这才是我没有聘请你的真正原因啊。”

直到此刻我才顿悟，原来一个人对待工作的态度，可以决定他职场的宽度。是啊，身在职场，你永远只有两种选择，在消极中堕落，离开，重新开始，循环到最后，你依然只是个失业者。不然，你就应该在积极中奋进。

没人替你走职场

金融危机的暴风雨才刚刚到来，父亲就催促我赶紧去找工作：“现在不找，将来再找，可能就没机会了。”我听从了父亲的话，抱着厚厚的简历来到人才市场，经过一路过关斩将，我顺利地进入了一家外企公司。

经理是个注重人才的主，当他知道我在大学时曾在一家公司做过策划员，就果断地任命我为策划部主管。才工作就当了个小领导，父亲也为我高兴，他多次嘱咐我，一定要干出成绩来。

那段时间，我几乎把全部的身心都放在工作上。在我和两位同事的努力下，公司的业绩也在节节攀升。

一个月后的公司评优中，我获得了公司最佳职员奖章。

随着业务的不断扩展，摆在桌上的案子也越来越多，为此，我和同事不得不天天加班，但就算这样，有几个策划都没有按时交稿，策划部因此被点名批评，同事也对我抱怨：“明明是因为人手少了，怎么不去跟经理说啊？”老实说，我不是不想说，有好几次都走到经理的门口，但又折了回去，因为我怕说了，会让经理觉得我这个人办事不行，从而失去对我的信任。

又苦撑了一周。我终于忍不住了，回家把我的困境告诉父亲，父亲拍拍我的肩膀说：“儿子，我建议你试试。”

有了父亲的鼓励，我昂首挺胸地走进了经理办公室，直言不讳地说：“工作量太大，我希望能多两个人手。”我以为经理会生气地拒绝，谁知他却大笑起来。我感到很惊讶，目不转睛地望着他。“我一直在等你这句话。”经理语重心长地说，“其实我完全可以主动找人给你，但我没有这样做，我在等你过来要。职场可不是学校，不是给你多少作业，你就得完成。你需要做什么，怎样做，以及需要多少人来做，你都要策划好。你也不需要为了感恩或者担心失去信任而苦撑。这一切都只为让你自己慢慢学着长大，因为没有人能替你走职场啊。”

望着经理花白的头发，想着他的用心良苦，我再也控制不住自己的情绪，激动地走上去，一双手和他握得紧紧的。

心高，路远

阿强是我的一个同学，重点大学毕业，写得一手好文章。当其他同学都在为工作奔波劳累时，他却轻轻松松进了一家国有大型企业做宣传工作，虽然事情很多，但阿强依然干得无怨无悔。

转眼，三个月的适用期到了，阿强本以为公司一定会录用他，谁知道得到的却是离开的通知。阿强当时不以为然，他很快就找到了新的东家，依然和往常一样，按部就班地做着自己的事。

经理是个五十多岁的主，要求也相当苛刻，阿强不时地被挑刺儿，对于这样的上司，阿强当然无法接受，他想过去找上司辩解，但最终还是忍了下来。一个月后的早晨，经理突然把他喊到了办公室，指着电脑里的画着狗和狼的图片，对阿强语重心长地说："其实，我一直都在关注你，你就像这忠诚的卫士一样，勤奋，努力。可是，职场如同战场，作为宣传部门，我们更需要的是像狼一样敏锐、主动的战士，你能明白我的意思吗？"

阿强忽然想起一位职场前辈所过约话：心高，职场的路才长。是啊，职场说白了，就是生存博弈，要想成大业，就不能只老实本分，畏缩不前。想到这，他重重地点了点头。

从此，阿强就像换了一个人似的，办公室很少看到他的踪影，但他每天都能及时带来同行部门的更多的新讯息。

随着对业务的熟悉，阿强经常去和经理交流他对业务的新见解，并不时受到经理的高度肯定。

金融危机前，阿强通过仔细分析，慎重提出了投资商场的计划，他的意见得到了公司上层的高度重视。经过层层论证，公司最终采纳了他的意见。一场危机下来，很多公司不是倒闭就是破产，但阿强的公司却是越做越大。

而现在，阿强理所当然地接替了上任经理的位置，公司每进来一个员工，他都会很耐心地把自己故事说一遍，用阿强的话说，一个人的职场路有多高，不是公司给予的，而是靠自己打拼的。只要心高，并且不断放开自己的心胸，主动去适应工作，寻找工作，就能积蓄力量，厚积薄发，走得宽，走得高，走得远！

职场上战无不胜的阿凡达

大学毕业后，我回到了家乡，老老实实过了几年蜗居的日子。一次同学聚会，看到昔日同窗都意气风发，我也下决心南下去打拼一片属于自己的天下。

凭着出色的文字能力，我很快应聘到了一家外资公司，做企业策划。和我共事的是一个叫凡的女孩，比我先进来3个月，学历比我低，也没有文字特长。虽然公司有明文规定，不可以打听别人的工资待遇，但我还是忍不住询问了一下。结果让我很惊讶，她的工资竟然比我高出三个等次，这让我多少有些愤愤不平。

再做事时，我的心底便有了一层疙瘩，好几次报策划表都出了低级错误，老总很恼火，责令我好好向凡学习。和凡探讨策划方案时，我几次都提出自己的见解，但都被凡以各种理由压了回去。我决定绕过凡，直接向老总呈报。却不想被顶了回来："你有问过凡吗，如果没有，向她咨询一下意见。"对于这样的处理意见，我自然无法接受，嘴里没说什么，但以后和凡在一起，总觉得不自然。

回家，向老父亲抱怨了一个下午，说出那些心里的话，人顿时轻松多了，父亲拍着我的肩膀说："老总这样做，自然有他的道理，你才气十足，头脑灵活，但你所缺少的是实战经验，我想，老总是在磨炼你，让你快速适应这一角色。"我默默点了点头。

公司接了一个为金铺促销的案例，老总让我和凡一起负责，洽谈时，我提出了很多构想，但无非是让利、打折之类的想法。凡只是笑笑，中午吃了饭后，凡带我去旁边闲逛，正好附近有一家超市准备开张。敏锐的凡立即捕捉到了这一信息，回公司加班做了一个庆超市开张，千足黄金大赠送的策划方案。

第二天清晨，凡带着我敲开了超市老总的大门，结果当然是双赢。超市老总为了表示感谢，还专门在它的户外广告屏上为我们公司免费播放了一个星期的广告。

再后来，我才知道，凡在进入我们公司前，在营销经理这个位置，足足干了五年。

我对凡算是口服心服了，从此，我不再抱怨自己的处境，甚至还对同事说，凡是我的良师益友，是她教会了我做大事者，须从小事脚踏实地做起。

年末，我和凡毫无非议地成了公司的年度先进个人，站在表彰大会的现场上，我诚恳地和凡握手。

元旦节后，凡去了分公司做经理，而我顺其自然地成了总公司企划部的部门经理。老总在宣读任命决定时，用了十个字来形容我：稳重，才华横溢，积极，乐观！

用积极的态度来破解自身所处的困境，并踏踏实实地从每一件小事做起，每个人都能成为职场上战无不胜的阿凡达！

做一个“有心”的汤圆

金融危机来的那段时间，父亲也慌张了，连忙逼着我去找工作。奔波了数个周末后，我应聘到了一家外企公司，全球五百强企业。

刚上班的第一天，经理就再三嘱咐我，在职场上最忌讳两件事，一是整日无所事事，一是去打听别人的工资收入。事实上也的确如此，我来的第十天，正好碰上发工资。我看见每个人在财务处拿了个信封后，就匆忙离去，纵有交谈，也是小声而严肃的。

我每天所做的事情就是在办公室里打杂，偶尔给经理沏杯茶。这样的生活，自然是我不愿意的。我可是堂堂营销科班出身，之所以来这家外企，就是希望能用自己所长大展拳脚，想不到却落到泡茶打杂的处境。凭着初生牛犊不怕虎的劲，我义无反顾地走进了人事部经理的办公室。

在听完一段长篇陈述后，人事部经理笑了。他说，这样吧，明天有个公司上层野外聚会，你也来吧。

我决定向远在千里的父亲求救，父亲沉思了半天，他给我献一计：马上都快元宵节了，不如组织大家包一次汤圆，既有情趣，又能凸现与众不同。有了父亲的支持，我很快将计划付诸行动。和意料中一样，这次活动受到大家的青睐。大家你一个我一个地包起来，而我则负责火候的控制。当吃着芳香浓郁的汤圆时，大家的脸上都洋溢着幸福的微笑。

第二天上午，经理笑着说："你昨天的表现很精彩，总裁也满意。这样吧，你现在去市场部报道吧，相信以你的才华和机灵，一定会大有用武之地。"

接到第一张单子，是在三天以后，我和同事顺利敲开了一个公司的大门。之后，我在这个职位上越做越顺。今年三月初，我接了总裁亲自交代的一个案子。因为任务大，时间紧，我明显感觉到了压力。迫不得已，我向经理提出了组建一支团队的申请。在详细看了资料后，经理笑了。

"你所提交的名单里有几个人是对你有意见的，有一个甚至还打过你的小报告，你不怕他们拖你后腿吗？"

我摇摇头说："我相信公司是一个公私分明的地方，何况我们并没有利益上的冲突，之所以出现这样的情况，也许是因为我的锋芒毕露，他们暂时无法接受罢了。"

"我一直在等你这句话。"经理语重心长地说，"其实我也可以指定人给你，但那样一来，你就无法起到团队核心人物的作用，所以我一直在等。要知道职场就是战场，你得发挥整个团队的集体智慧，所以你无须事必躬亲，你只需指明成功的方向。这情形就和上次你策划的汤圆案子一样，汤圆大家一起动手包，而你要做的，只是控制火候，明白吗？"

我满怀信心地点着头，半个月后，我的案子如期完成。两个月后，我破例坐上了市场部主管的位置。

升职那天，经理特意过来祝贺我。我没有多少奉承的话，一双手却和他握得紧紧的。

给对手开一朵绚丽的花

大学毕业后，我放弃了进外企的机会，回到了自己的家乡。在父亲的帮助下，我开了个海鲜店，利用自己这几年所积攒的人脉，很快打开了局面。

不久后，我决定扩大自己的店面，当我告诉父亲时，他却犹豫了:“你这里地理位置虽好，可就一家店，没形成规模，客源不可能太多。”我被自己的雄心壮志冲昏了头脑，哪还听得进父亲的建议。

一个月后，我的店面扩张了一倍，但生意并没有预想的那么火热，维持店面的费用却在成倍增长，我开始感觉到沉重的压力。

有一天，一个初中同学来找我，他说他也想开家店，给别人打工总不如自己当老板，他让我提些建议，我的回答却支支吾吾的。父亲急了，跑过来说:“那你也开家海鲜店吧。”我使劲朝父亲使劲打眼色，示意他走开，但父亲是越说越来劲，等他一席话说完，同学已经是两眼发光，一个劲儿地和父亲握手说感谢。

等同学走了，我忍不住埋怨地说:“爸爸，你怎么能叫他也来开海鲜店呢，一个店的生意都这么差，何况是两家店？”父亲笑了，他摆摆手说:“不是两家店，起码要开 5 家店。”我诧异地望着父亲，我没说话，但我知道，父亲从不打没把握的仗，这样做，自有他的道理。

两个月后，我所在的龙湾街，开了六家海鲜店，成了名副其实的海鲜一条街。紧接着，父亲联手几家海鲜店搞了次大型的“吃海鲜，送小车”活动，海鲜城因此声名鹊起。

正如父亲所料，店里的生意不仅没有减少，反而越来越兴旺。父亲生日那天，其他几家海鲜店的老板都提着厚礼来看父亲，说感谢父亲给了他们一条路走。父亲高兴地对他们说：“其实，要说感谢的是我们，是你们的加入让我儿子的店起死回生。”

晚上，父亲走过来，跟我讲了个故事，是父亲年轻时候的故事。那时，像现在的我一样，父亲雄心勃勃地想干一番大事业，他和几个志同道合的同事，一起跑起了运输。当时同市的几个车队竞争非常激烈，但父亲经常把自己揽到的业务介绍给其他车队。很多人不理解，甚至还骂父亲吃里爬外。直到有一次，父亲所在的车队承包了一单去俄罗斯的业务，却不想车队在半路上遭遇到了雪灾，父亲他们陷入了绝境，幸好其他几个车队赶过来了，经过两天一夜的抢救，父亲他们才转危为安。

父亲语重心长地对我说：“我想要告诉你，给别人开一朵花，其实也是在灿烂自己的生命本色。同样的道理，我让大家都来开海鲜店，表面上，你像是亏了，但大家只要有序竞争，反而能形成一个品牌，用一个拳头说话，客源当然不足为虑了。”

我想父亲说的是事实，半年后，我的店面再次扩大了一倍，我成也了当地有名的海鲜大王，一年后，我的海鲜分店遍布了这座城市，我在每家分店的办公室里，都挂上一条父亲送我的话：给对手也开一朵绚丽的花。

是的，这句话，值得我一辈子去铭记！

话不投机，喝杯凉茶

朋友在商场打拼五六年，拥有了一家房地产公司，也算是事业有成，春风得意。他做起事来，从不拖泥带水，不过，这样的人也容易激动。在熟人面前倒也没事，因为大家了解，能容忍，但生意场上就不同了。有的时候明明是有利可图的生意，就因为话不投机谈崩了。为此，朋友也很苦恼，多次找我们倾诉。

有次大家一起交流对孩子的教育问题，朋友对这个颇有兴趣，但不同的人看法不同，他和我的一个同事就争执起来。朋友脱了衣服，激动地站了起来。就在这时，同事的儿子端来一杯冷茶："叔叔，你先喝杯茶吧。"朋友一口气喝光了茶，一股凉意直抵心田，他坐下来，心也静了，仔细想想，别人的话未尝没有道理。结果这次，他破天荒地和大家一起讨论了三个小时而没吵架。

第二天上午朋友去上班，策划部主任带着他最新的创意过来了，朋友早有意在城区开发十套中低档公寓，其中有三套专门针对中老年用户。他看了一下策划，就装饰选料问题上他和主任有着不同的意见，主任力求选用环保型材料，而环保型材料成本高很多，他认为不划算。

若在平时，朋友肯定会不耐烦地否决策划部主任的意见，一直以来，他都是个独断专行的人。公司里的人都明白这点，所以策划部主任对自己的观点能被采纳没抱多大希望。可是今天很意外，朋友拿出两杯冰茶，破例给了下属一杯，自己喝了一口，然后让主任说说他自己的意见。

“要是采用环保无公害材料，短期来说赚的确实会少点，但要想到现在老百姓的生活指数在不断提升，这种新型材料迟早是要普及的，谁能先抓住这个机遇，谁就先能得到老百姓的认可。”顿了顿，主任又补充说，“从长远来说，选用环保材料可以提升我们绿色环保的建房理念，也可以为老百姓办点实事，建老百姓真正需要的房子，还可以拓展我们的市场，一举三得。”

朋友认真听了，不断地点头，随后在细节方面，两人又进行了细致而友好的商量。

如果是争执，环保无公害材料的方案肯定要被否决。激动之前，先喝杯冷茶，让自己冷静下来，一则可以让现场气氛变得友好，二则可以听到更多不同的意见。群策群力，正是如此。

做个快乐的拼盘

阿强是我的初中同学，中专毕业后他就去了深圳打工。不久后，听说他加盟了一家外企公司。在深圳这个竞争激烈的地方，他一待就是六年，买了车，购了房，日子过得有板有眼。今年暑假，凭着我学的营销专业，我也顺利敲开了这家公司的大门，和阿强坐到了同一个办公室里。

干了一周，我发现阿强做的事情，无非是在办公室写写材料，搞搞接待。这样的工作，是我所不屑的，我心里纳闷着，本事平平的他，凭什么能屹立于职场六年不倒？

去问，阿强只是笑，等你再待些日子，你就知道道理了。不过，说也奇怪，阿强所在的这个办公室，从来都是笑声不断，阿强就像个魔术师，再大的烦恼，到了他手里，也都迎刃而解。

公司准备策划一次大型的户外展览，案子落到了我的手里，我在办公室忙了整整一周，案子却没有通过，想到自己加班加点的成果，就这样被轻易否决了，我的心里别提多郁闷了。回到办公室，我阴沉着脸，不说话。

阿强走过来，突然说："你这是好事啊。"我诧异地抬起头。阿强说："案子没有交给别人去做，这说明公司相当重视你。你应该为此高兴才是，你所缺少的，只是没有去实地考察，记住，你所做的每个策划都应该是有凭有据的。"我如释重负地笑了。

接下来的一周，阿强带着我去实地考察，再次上交的案子，受到了公司上层的高度表扬。我衷心感谢阿强，是他的妙语化解了我的不良情绪。

因为表现突出，经理又把一个案子交给了我，是策划一次户外联谊活动，因为从没有这方面的经验，我决定虚心向阿强请教。

阿强对我的到来，一点都不惊讶，他笑着说："六年前刚来到这个公司时，我也和你一样，充满雄心壮志且目中无人，是挫折让我知道了如何生存。当然，你比我做得更出色，因为你既懂得如何冲锋陷阵，又懂得虚心接受建议。"

阿强给我出了一个主意，那就是在联谊会的最后，大家一起来做水果拼盘，这显得有创意，又能凸显团队的集体智慧。

正如意料的一样，这个活动受到了大家的一致欢迎，大家纷纷削切着我事先准备好的几袋水果，都笑容满面。

第二天上午，经理在周一例行会议上，大力表扬了我，他还说以后再有这样的案子，都全权交给我处理。

一个月后，阿强坐到了营销主管的位置上，庆祝的那天晚上，我突然压低声音说："我知道你为什么一直受领导器重了。""为什么？"阿强笑眯眯地望着我。

我慢条斯理地说："因为职场如同战场，任何观念、错误或行为的偏差，都有可能让我们一无所有。所以团队的齐心协力，尤为重要。而你，总能用妙语化解大家的忧虑，给大家降压。你一直以来都是这个部门的核心所在，就像上次那个联谊会一样，一个小小的水果拼盘，却让每个人都能心连心、手连手，以饱满的热情投入其中，争做一个快乐的拼盘。"

阿强没有说话，却笑着和我紧紧拥抱在一起。

那个在网上人肉营销的人

认识他，是在我经常去逛的一个论坛里。他就在那里发帖，比如如何鉴别真假货，如何选择买家。好奇之下，我打开了他的帖子，就这样聊了起来。后来才知道，他和住我在同一个小区里。

之后的日子里，我一直关注着他。他总会给我一点惊喜，比如他会问我，你知道什么叫“六度分离”理论吗？见我惊讶，他只好自问自答，所谓“六度分离”，是说世界上任何两人之间最多通过6个人就能联系起来。这看起来非常奇怪，但科学研究发现，这的确是事实。比如他又会说，你知道什么叫“人肉营销”吗？简而言之，就是利用自己的人脉关系，帮别人推荐网店产品，从而获得提成。

和他聊天，很多人都会认为他是一个职业网客，但实际上不是，他只是一个大二的学生。有时候我很纳闷，他怎么不去好好读书，却在网上瞎折腾，不过，我并没有轻看他，这样的男生，至少是我喜欢的类型。

他在网上的每一个帖子，都会引来众多的跟帖，很多人都说他的帖子专业而细致，为网购的人节省了不少的时间，但有的人也认为他是在作秀，是在炒作自己，但不管怎么样，他红了却是不争的事实。

于是，大家都叫他“淘客男”。

后来听说，他之所以去做网络兼职，是因为他的母亲。他家境并不好，为了供他读书，母亲一天到晚地忙碌，一不小心就病倒了，是急性动脉硬化，虽最终脱离了生命危险，但需要很长一段时间进行调养。为了赚足母亲的医药费，他找了几份兼职，但仍然不够，在朋友建议下，他便当起了淘客。

他告诉我，第一个月他共成交了487笔，提成收入3458元。动动键盘，收入就这么高，我感到十分惊讶，好奇之下，我决定去他住的地方看看。

进去时，他正在紧张地忙碌着，电脑桌面上显示出很多排列有序的word文档，他告诉我，他每天都会在电脑中保存几十甚至上百条网店信息，之后再分门别类地进行筛选。我问："那你岂不是天天都要起早贪黑？"他点点头说："五点就起来了。没办法，以前人肉营销的人很少，现在成批成批地增长，所以竞争也越来越激烈了。"要离开时，他突然说："我准备做一个网站，祝我成功吧。"我说："你一定会成功的。"他笑了笑，目光漂向远方，在他的眼神里，我看到了一种熟悉的表情，那叫坚持。

一个月后，他突然来找我，笑得很开心："借你的吉言，我成功了。现在有几十万人收藏了我的网站，很多朋友在网购前都会来我的网站看看，这个月我拿到了一万多元的提成。"他从口袋里取出一本书说："也没什么送给你的，这是小时候，父亲送给我的《钢铁是怎样炼成的》，我一直珍藏着，现在我送给你，略表我的感激之意。"

从那以后，他经常会来找我，我们一起谈人生，谈理想，谈创业。他说，等母亲的病好后，他准备和几个志同道合的朋友组建一个淘客团队，以获得更大的发展空间。我完全相信，像这样有主见、有思想的人绝对不会被尘世所淹没。

两周后，就听说了她母亲出院的消息，而且有几家网络公司也纷纷向他递出了橄榄枝，但都被他委婉地拒绝了，他觉得自己还年轻，还处在积累经验的时候。他说，做网络营销还仅仅只是个开始，等毕业了，他要建立属于自己的创意公司。

还有什么好说的呢，我只能远远地祝贺他，并且支持他。一个刚刚大二的学生，就以网络证实了自己营销的能力。在这个人肉搜索的年代，他用自己的智慧和勇气，一步步坚持下来，也走出了与众不同的路。这样的年轻人，无论是他的胆略，还是他的眼光，都值得其他人效仿。

是的，这个世界上并没有不可成功的事，只要敢想敢做，并且脚踏实地地去实践自己的理想，一点一滴累积，一天一天坚持地走下去，终究能走出属于自己的一片艳阳天。

就比如在网上人肉营销，就比如他。

细节，决定职场成败

我有一个朋友，参加工作五年了，在一家外资公司做顾问，虽然专业不对口，但他聪明好学，肯钻研，只用了三个月的时间，就成了老板的心腹。自此后，公司有什么重要的业务，老板总是要交给他来办才放心，而他每一次都能出色地完成任务，再加上在交际能力，为人处世方面相当出色，所以每一年他都被评为公司的优秀业务骨干。

然而有一天，他突然来找我，说他被炒鱿鱼了，我大吃一惊。原来朋友一直有个不好的个人习惯，那就是吃饭吧嗒嘴，他妻子也说过他很多次，但他总是改不掉，平常也就算了，但朋友这次参加的是一次非常重要宴会，老板也亲自出席。

开始，朋友还努力克制自己，当喝到兴头上时，也就忘乎所以了，老板感觉很尴尬，不止一次用眼神暗示他，但都没有效果，客户笑着说："老总，你的这名下属很不错，真诚厚道，我非常喜欢，我希望大家能有合作的机会，而且特有意思的是，今天这么开心的场面，他还会伴奏呀……"但最终客户还是没有选择与朋友的公司签约。这事让老板恼怒不已，他把朋友喊到办公室训斥道："你代表的不是你自己，而是公司，待人接物一定要注意细节，怎么能出如此大的错误呢。"不久后，老板便以"做咨询工作个人魅力不足"为由，开除了他。

朋友告诉我："自从这件事情后，我一直郁郁不振，也没再找工作，你看看，像我这样在工作上样样都干得不错的人，还是逃不过被解雇的命运，工作还有什么意思呢？"朋友是患了职场心理恐惧症。我只好耐心劝说他，多日之后，他才恢复了一点自信，答应我再去找份工作。

像朋友这样因为忽略了生活细节被老板炒了鱿鱼的大有人在，因为职场，说白了是生存博弈，任何能带来负面影响的棋子都会被排除在局外，所以身在职场的人，应该多抽出时间，多听听同事和朋友对自己的评价，往往不经意间，就能发现一些自己的致命细节弱点。

掌握好自己的杯子

主动出击，不做老板的一次性杯子

金融危机刚刚开始的时候，鲁小荫通过自己的努力应聘到一家外企营销部做助理。上班的第一天，总监姜文彩把她喊进办公室："欢迎来到我们公司，按照规定，你有三个月的试用期，如果不能通过最后的考试，就只能卷包走人。"姜文彩打量了一下她时髦的装扮，慢条斯理地说，"现在你的任务是给我泡杯茶。"鲁小荫没作声，在进入职场以前，她早就听说很多领导有特殊的嗜好，为此她专门到表哥的茶店培训了一阵子。

进洗手间的时候，鲁小荫忽然听见有人在低声议论姜文彩的是非，鲁小荫出来的时候，正好和小声议论的两个同事碰了个正着，没说什么，彼此心照不宣地走开。

但第二天上班，鲁小荫就听说了两位同事被喊进办公室狠狠批评了一顿，出来时，两个人都把目光唰的一下对准了鲁小荫。鲁小荫感到非常尴尬，她很想解释自己没有告密，但谁会相信这个新人呢？

鲁小荫在公司一下子被孤立起来。除了姜总每天照例喊她泡茶外，她再也找不到说话的人。

这样的局面持续了一周，鲁小荫终于忍耐不住了，她可是堂堂营销科班出身，之所以到这家外企，就是希望能用自己所长大展拳脚，想不到却落到泡茶打杂的处境。凭着初生牛犊不怕虎的劲，鲁小荫走进了姜总办公室。

姜文彩仔细听完了她的倾诉后，忽然笑了。

“来我这里的每个人都很想有所作为，但事实上能留下人的少之又少。你知道这是为什么吗？”姜文彩微笑着问。鲁小荫摇头。

姜文彩挺了挺腰，说：“商场就是战场，讲究的是‘生死博弈’，你要想上司带你‘冲锋陷阵’，就得要有留下来的本事，说白了就是要有利用的价值。但是，目前我还只看到你有把茶泡好的这个价值，所以我一直在等待机会。”

鲁小荫心想，自己的这招主动请缨算是走对了，真要是被动地等待，说不定哪天走人都不知道原因。

接着，是一个故事，姜文彩说：“是我十年前的事情了，那时我也刚大学毕业，雄心勃勃地想干一番大事业。正好有一家企业招文员，我毫不犹豫地去了。到了那之后，我表现得非常勤奋，连拖地倒茶买便当这些事儿我都包了，但是不到一个月我便被公司炒了。”

姜文彩说到这便停住了。他拿出一只一次性杯子，说：“很久以后我才知道，自己离开的真正原因，公司并不需要一个打杂工，我对公司来说，利用价值并不高，就像这个杯子一样，仅仅一次而已。所以，我告诫来这里的每一个新人，希望他们不要重蹈我的覆辙，但实际情况并不理想，你能明白我的用意吗？”

鲁小荫点点头，心里却想，老总原来并不是一个不可亲近的人啊。她笑着走出了办公室。

坚守准则，不成为上司的心腹

鲁小荫的第一个案子，是对公司新年度的营销方案进行评估。由于对公司情况还不太熟悉，鲁小荫特意到市场部调阅了大量材料。

彻头彻尾地忙了一周，方案里的很多项目也被她删掉了很多，当然她在旁边也陈述了自己的理由。

鲁小荫把报表交给姜文彩的时候，姜文彩只是扫了一眼，说：“去市场调研了没有？”鲁小荫低下头。姜文彩冷着脸说：“缺少市场调研的数据是不准确的，你要记住，你所上交的每一个案子，必须尽量做到完美无误。给你一周的时间重做。”

接下来的一周内，鲁小荫奔波于各大超市之间，还制作了一千人的调查问卷。一周后，鲁小荫带着新的方案刚到公司，就听见姜文彩着急的声音：“鲁小荫，赶快给我泡杯茶来，下次你要是有事，得提前把你泡茶的这门绝活教给其他同事才行。”鲁小荫笑了，把茶端来，她说：“姜总，我可不愿意只做你的一次性杯子啊。”

营销部召开年度总结大会，总公司所有高层领导都出席了会议。总经理批评了公司上年度的营销方案没有充分预测到市场的变化，导致公司上年度的销售成绩增长幅度不大。

“如果有什么困难尽管提，只要能满足，我绝不说二话，但在工作上我希望我的员工能够团结合作，开拓创新。”总经理说。

鲁小荫见姜总突然给自己示意，立刻心领神会地站起来，把早准备好的新的营销方案发给了在场众人。

一阵热烈的讨论之后，会议场上突然冷静下来，总经理忽然指着她说：“我很想听听你的意见。”

鲁小荫唰的一下站起来说：“虽然金融危机确实对我们国家造成了一定的破坏力，但从目前的调查显示来看，国人的消费欲望不但没有降低，相较去年反而有了百分之十的提高，所以我完全有理由相信。只有我们采取合理的营销措施，明年将是我们新产品迅速占领市场份额的绝好时机。”

总经理满意地点点头。会议结束时，他扔给鲁小荫一句话：“一周后，你交一份新产品的营销方案给我。”

等忙完这一切的时候，三个月的试用期也很快到了尾声。鲁小荫很想知道，公司最终确定她去留的是场什么考试，她几次问姜文彩，姜文彩都笑而不答。两天后，采购部的杨志明经理突然找到他，说因为缺人手，公司安排她和他一起去上海出差。

这杨志明是董事长眼前的红人，为人精明干练，想巴结他的大有人在。

来上海的第二天，杨志明带着鲁小荫便和一个姓申的老板在餐馆见面，双方边吃边谈，鲁小荫在生活中本来就是砍价高手，再加上对对方的底细非常清楚，这价压得申老板的面色一度变白。期间，杨志明去了一趟洗手间，申老板便把一个早准备好的大信封迅速塞到鲁小荫的手里。鲁小荫吃了一惊，她听说很多人在外购时都拿回扣，只是没想到也会轮到自己。

鲁小荫说："申老板，你这是什么意思啊？"申老板意味深长地笑了："大家都是明白人，希望以后能多关照。"鲁小荫忙不迭把信封推了回去。

吃完饭，鲁小荫借口肚子疼，回到了饭店。晚上，杨志明一脸醉醺醺地敲开她的门，递过来一个红包："申老板给的，收下。收下了才好说话。"见鲁小荫仍然无动于衷，杨志明接着说："跟你直说吧。以我在公司的地位，你只要跟我干，我保证不会亏待你的。否则……再说了，你就是不拿回扣，申老板也绝不会少价的，这是行规。你看着办吧。"

要是自己拒收，无疑是与杨志明为敌，便很难再在公司立足下去。鲁小荫当然明白这个道理，但她也有自己的底线，她故意说："杨经理，你是喝醉了吧。"说着便把他扶进了另一间客房。

第二天签约的时候，鲁小荫看到两个人都非常不高兴。但她也管不了这么多，合约一签，她就回到了公司。

姜文彩在桌子上摆了三个杯子，一个是茶，一个是酒，一个是茶和酒的混合物，见鲁小荫回来，他连忙招呼她过来，问她要哪杯。

鲁小荫毫不犹豫地端起了茶。姜文彩耐人寻味地说：“算我没看走眼，小荫，要想在一个公司长久地待下去，一定要记住要坚守准则，保持自己的独立性，不与人同流合污。”

开辟新战线，玩转职场

鲁小荫本来以为自己是肯定要被踢出局的，却没料到姜文彩却兴高采烈地告诉她，她通过了公司的考试，留下了。消息是在一周后得知的。那次，鲁小荫在观看偶像刘德华的巡回演唱，却意外发现了姜文彩的身影。

鲁小荫跑过去拍他的肩膀：“原来姜总也是华仔的铁杆粉丝哦。”姜文彩的两只眼睛都亮了，似是教诲，又像解释：“上司也是人，也有自己的兴趣和爱好，只要你稍加注意，就能找到彼此的共同兴奋点，从而开拓职场新局面，既是工作上的搭档，又是生活中无话不谈的朋友。”

鲁小荫笑了，散场的时候，姜文彩特意邀请她一起喝茶。姜文彩告诉她，那次出差正是公司安排的一次考试，如果她收取了那些回扣，恐怕早就卷包走人了。鲁小荫恍然大悟，至此才真正明白姜文彩摆那三只杯子的真正用意。

接下来的时间里，姜文彩带着鲁小荫见客户，酒局是免不了的，姜文彩告诉鲁小荫几招喝假酒的方式。鲁小荫也充分发挥了自己的营销专长，彼此齐心协力，为公司拿回了不少订单。

三个月后，鲁小荫因为业绩突出，被公司评为第一季度优秀员工，获得了一个大大的红包。姜文彩又告诉她，杨志明被下放到分公司保卫科去了。鲁小荫听到这个消息，确实吃了一惊，她赶紧坐到自己的电脑旁，总结了一下自己的职场法则，希望用自己的事例，告诫那些刚进入职场或者正准备进入职场的新人们，以免他们误入歧途。

别带着“故障”上路

1

这已经是张小函投的第三份简历了。电视上一个美女主播正说着今年大学毕业生将遭遇最冷“寒冬”，成都企业的月薪甚至已降至500元。张小函瞅了一眼，没有多说话，继续在电脑上打她的字。

第二天一早，张小函突然接到了吉祥鸟公司打来的电话，说是通知她上午八点到去公司总部面试。进吉祥鸟一直是她的梦想，张小函想都没想就招了辆的士。

直到中午十二点，张小函已经连续过了四轮面试。现在是最后一关了，公司似乎对这个来自民办大学的农村女孩特别感兴趣。坐在她前面的竟然是公司的郭总经理。

张小函神情镇定地坐了下来。仔细瞪了她一眼，郭总经理说：“从各方面说，你都是一个非常优秀的人才，我们曾仔细调查了你的学历经历，发现你的努力和自信超乎常人。我们很欣赏你这点，但吉祥鸟是一家国际性大公司，你将要面对众多有形或者无形的压力。你认为你能接受得了这么残酷的挑战吗？”

张小函不假思索地说：“我最大的特点就是经得起考验，有自信。我相信，这也是我今天能站在这里的原因。”郭总经理笑了。

2

一个月后，张小函坐到了策划部的办公室里。

第一天上班的时候，策划部部长就把她喊进了办公室里，指着地面说："今天，你的任务就是把这里给我收拾干净。什么时候完成了，什么时候就下班。"

张小函没说话，转身拿来拖把和抹布。出门的时候，同事都看着她，其中一个还走过来小声说："小函，小心点，他可是只会吃人的金钱豹。""金钱豹"是大家送他的绰号，大名叫钱国安，据说是董事长的外孙，在公司里没有人不让他三分。据说只要是他看不顺眼的人，下场都会很惨。

张小函上班的第一天就耗在了劳动改造上，下午六点，当她拖着疲惫不堪的身体走出公司大楼，正好遇到了钱国安。他冷冷地说："听说你是这次招聘出现的最大黑马。不过有自信还远远不足，最重要的是脚踏实地地做好自己的本职工作。"张小函没说话，心里却说："我又不是来当清洁工的，有必要用这种方式来折磨新人吗？"

一周后，张小函终于拿到了第一个活动策划案，是关于总公司元旦晚会的案子。由于她出色的组织与策划能力，晚会取得了圆满成功，小函也因此受到了老总的表扬。刚来公司的第一件事情就办得如此顺利，张小函不免有些得意，心想，所谓的大公司原来也不过如此。却没想第二天一大早，她去公司上班时，发现同事看她的目光都是怪怪的，就好像抢了他们的风头一样，尤其年纪大一点的同事，更是在背后对她指指点点。刚坐下不久，钱国安就进来了，气愤地说："这个元旦晚会比预想的要超支很多，下次要注意。"自此以后，钱国安似乎特别针对她，只要她稍微有些没注意，批评和惩罚就会接踵而至。有一次，因为来了同学，她下午晚来了十分钟，不仅被通报批评，还被扣了一天工资。

3

公司新软件的发布大会上，郭总经理最后指示公司员工积极献谋献策，助公司早日度过金融危机。出门的时候，张小函听到郭总经理喊她的名字，犹豫了一下，转身。会场里鸦雀无声，大家都惊讶地望着她。“张小函，我想听听你的意见。”郭总经理微笑着说。

张小函想了想说：“随着金融危机日益严峻，客户们会越来越在乎他们的钱包，我仔细计算过了，装我们公司的新软件，整个成本将节省一半。所以我完全有理由相信，明年将是我们公司新软件独领风骚的时代。”

郭总经理接着说：“如果我将这个案子交给你。你能胜任吗？”此言一出，满室喧哗。张小函咬了咬牙，冷静地说：“能！”

张小函没有料到，她在公司很快就被孤立起来。以前大家虽说对她有意见，但至少见面都和她打招呼，而现在即使她主动打招呼，也没有人理睬她。有人甚至在她的办公桌上留字恐吓：“张小函，你一个黄毛丫头，竟然在这里口出狂言。走着瞧，我一定不会让你好过的。”

元旦节刚过，张小函立即投入紧张的工作中，从上午 7 点到晚上 10 点，她用了整整 15 个小时，把新一年吉祥鸟公司的公关传播策划案全部做了出来。做完之后，她自己也觉得相当满意。

拿到部门讨论时，却遭到了全部否定。看到自己的心血就这样白白流失，张小函觉得非常痛心。但更让人“吐血”的是，几天后同事的策划案都提交通过了，其中绝大部分都是抄袭她的创意。遭受这样的打击，张小函再也坚持不住了，倒在了公司的会议桌上。

4

开门。进来的居然是钱国安，手捧着一束鲜花。“听说你准备放弃接受总经理的案子。”“是的。”张小函低着头，“毕竟我也不是学IT行业的。”

“你是怕输？”

“不是，我不怕。”张小函头也不回地说，“妈妈从小就告诉我，心大，才可以做大事，她告诉我，要想有深远的发展，就必须有一颗容量巨大的心。”

“羡慕你有一个伟大的母亲，”钱国安说，“我跟你讲一个故事吧。”

5

钱安国说：“这是我父亲的故事：那一年正是抗美援朝战争进行得如火如荼的时候。我父亲所在的连队奉命到前线送军火。在出发前，连长要求我父亲和其他战士仔细检查车辆。由于事前演习了无数次都没出现故障，所以我父亲和同车的小杨都敷衍了事。趁着夜黑天高，连队出发了。为了避免被美军发现，车队都不敢开灯，每到崎岖险路，都是我父亲下去引导前行。

在快到前线战场的时候，父亲的车出了故障。不论怎么弄都没有用，他们只好下车摸索着检查。等弄好的时候，天已经蒙蒙亮了，连队赶紧开车，刚启动，便听见一阵机枪声响起，原来是一对巡逻的美国兵发现了他们，正朝这边跑来。父亲他们差一点就成了敌人的俘虏。这次事情给了我父亲一个深刻的教训，那就是不论做什么事情，都不能带着‘故障’上路！”

钱国安叹了一口气：“知道我为什么来找你吗？因为我知道你是一个绝不肯轻易认输的人，你眼睛里所透露的那种自信和坚毅，我只在总监周忆的身上才看见过。记住我的话，别带着‘故障’上路，因为人生本来就是一部不断向前的车，任何观念、错误或行为的偏差，都有可能让你一无所有。”

张小函明白地点点头。

6

一周后，张小函站到了郭总经理的办公室里，她向经理提交了一份团队名单。因为新软件的案子在一周内要交，所以团队的每一个人都进入了紧张的工作阶段，排山倒海的工作量，并没有阻挠张小函满腔的激情。张小函深深明白，此时的她不仅仅是这个案子的核心人物，更是团队的一分子。她并没有事必躬亲，而是放心地把任务交到了队员的手里。

她在和钱国安讨论的时候，说了一句话：“我觉得我在这个时候最关键的是要稳住，要有凝聚力，能做到才能说明我有本事。冷静下来，把思路整理好之后，再去引导他们。”说这话的时候，钱国安一直在笑。等笑足了，钱国安才一本正经地说：“我觉得我还是低估了你，从容上阵的你，让我看到了女性少有的沉着和冷静。是的，作为核心人物最重要的是懂得如何去引导别人做事，更多的是指明方向，而不是帮助别人做一个细节。即使是前面有暴风雨，也要让大家感觉到安全，因为你是船长。”

一周后，张小函把案子交到了总经理那里。

7

案子最终通过了审核。由于张小函的杰出表现，公司破例给全队发了一份厚厚的奖金，张小函没有独得，而是把奖金平分给了队员，又把自己的那份拿出来请大家大吃了一顿。

年终总结大会上，张小函被老总点名发言。她说起了那个别带着“故障”上路的故事。她最后说：“在人生的路上，只有不断地总结自己，反省自己，消除‘故障’，从容上阵，再加上一份对工作虔诚的热爱，对自己有一份很强的约束力，才能最终得到想要的那颗果实。”

张小函站起来的时候，台下已经是一片掌声，她注意到钱国安正默默注意着她，眼里一片湿润。

一个月后，钱国安突然来找她：“公司派我去法国留学两年，两年后，我希望在欧洲总部看到你。”

郭总经理发话：让张小函接替他的工作。张小函走马上任的那天，把“别带着‘故障’上路！”这个横匾挂在策划部的办公室里，作为大家的一条座右铭。

赢在无穷的想象力

2005年，日本流行开始流行接吻细菌的项链。这种细菌商品迅速风靡了东南亚市场，并传播到香港。

2年后，在一所普通师范学校的就业讲座上，老师提到了这种产品。一个名叫洛雯雯的姑娘听得津津有味，但是她根本没有想到，细菌也会和自己扯上关系，此时她最关心的是找一份好工作，在大城市里站稳脚跟。

洛雯雯是典型的穷二代，她一直都想摘掉父母的这顶穷帽子。大学毕业后，她迫不及待地来到了“满地黄金”的深圳，希望能在这里打开一片属于自己的天地。但事与愿违，她过得并不快乐，两个月走马观花的面试，让她心灰意冷。虽然，她最终应聘上了一家外企公司，但繁忙的事情，主管苛刻的压力，让她几近窒息。很多时候，她真想一走了之。

情人节后的一个周末，雯雯到公园散心，想起这几个月的奔波劳累，想起主管无情的责骂，忍不住悲从中来，正想号啕大哭，一个念头忽然闪了出来：现在生活富裕了，人们也越来越猎奇。如果把这种细菌产品引进来，再加以改进，不就能为我所用了吗。“是该为自己的将来好好盘算了。”她对自己说。

她请假来到了香港，进入小商品市场，她立即被琳琅满目的细菌产品迷住了，经过仔细调研，她更坚定了自己的想法：“以前别人在制造细菌商品的时候，怎么也没有想到将全世界各地的细菌收集起来，再根据不同的功能，制成不同的细菌模样呢，看来我要让世人吃惊了。”

在经过两个月的充分准备后，她给公司每个人发放了一份新店开张的邀请函，然后在主管惊讶的目光中，辞职走了。

细菌也敢拿来卖？所有的人都被她近乎疯狂的举动吓傻了。怀着强烈的好奇心，“细菌玩品”专卖店开张的那天，同事们如潮水般涌向她的小店。

生意就这么一天天好起来。获得了丰厚回报的洛雯雯，继续扩大她的战略，她设计了一批鲜活的细菌，在门外的宣传语上，她这样写道：“其实，你也可以很潮的，进来看看吧，新异而有个性的细菌等着你领回家，让它为你的生活增添乐趣，当你孩子免费的家庭教师吧。”

广告打出的第三周，洛雯雯账上已经多了两万元存款。更让人惊讶的是，连深圳当地的一些名流富商，也纷纷向她订购产品。

为什么会有那么多人愿意购买她的产品，甚至为了等货，宁愿排队呢？深知顾客心理的洛雯雯笑着说：“一是价格不贵，绝大部分城里人都能买得起。二是商品不仅极具个性，实用，还能给生活增添无穷乐趣。”

靠出售细菌商品，原本生活拮据的洛雯雯翻身成了小富翁。有了强大的资本，她决定再次扩大经营范围，成立了“细菌交换俱乐部”，会员在一年里就达到了一万多名，开了七家连锁经营店。她有了自己的跑车，并成立了细菌公司。

如今，名利双收的洛雯雯正在开发以“细菌玩品”为主角的动画节目，更深层次地挖掘“细菌玩品”的潜在价值，尽管有人不屑一顾，但她的成功至少告诉我们：“把别人的路走到极致，同样可以造就一番大事业，只要你有足够的想象力和勇气，财富便会无处不在。”

2>1+1 的智慧

“运动 100”大型运动休闲品牌创立者张国伦，年轻时曾远赴英国攻读 MBA 和零售业。毕业后，他来到北京，帮助一家香港上市公司拓展其在内地的业务，后来，受亚洲金融风暴的影响，公司倒闭，张国伦也失去了饭碗。但他并没有气馁，不久后他成立了颐盛商贸，准备做品牌服饰代理。

凭借多年来积累的人脉，他很快接到了很多品牌服饰的邀请，做专一代理，员工们都很高兴，大家都说：“这下可好了，有这么多厂商找我们，我们就可以找一家利润最高的企业作代理。”张国伦却说：“给别人做专一代理，并不是件好事。”很多人为此不解，甚至还有人抱怨说：“公司才起步，能做得一家企业的代理已经很不错了，怎么能好高骛远呢。”

但张国伦显然有自己的打算。而且他成立颐盛商贸的初衷也绝不是只做代理，在员工大会上，张国伦举了一个很简单的例子：“如果你去买锅，你是希望一个专卖店一个专卖店地找，还是希望在同一个地方能见到很多品牌呢。”答案是不言而喻的。为了证实自己的判断，张国伦带领他的团队，做了一次调查，发现顾客更希望享受到一站式的购买。“让顾客不用再奔波于各个专卖店，而是一次性有多种品牌的选择，就像个体育大超市。”张国伦这句话最终得到了所有员工的认同。

就这样，张国伦带着自己的创业理念，开始了与 NIKE 中国区总经理的谈判，因为理念独特，很快就和对方达成了合作意向。在经过充分准备后，1997 年，张国伦的第一家“运动 100”在上海正式开张。

正如张国伦所预料的那样，“运动 100”一经推出，就受到了顾客的青睐，短短两个月里，营业额就超过了 500 万。从 2001 年开始，“运动 100”开始了向其他省市扩张的脚步，到目前为止，“运动 100”已完成了全国六大区域 16 个城市的布点，商品种类逾万种。多年来，张国伦一直都坚持着自己的创业理念，在他看来，简单的商业模式更容易复制，也更容易持久。也正是这种理念，让张国伦少了后顾之忧，全心全意去开拓市场和提高自身建设。

“2 永远大于 1+1，多品牌打包营销的理念，不仅商家乐意接受，顾客也有了更多的选择，是一种合作双赢。现在很多运动品牌都进入了中国，但能独立设专卖店的品牌仍为少数，多数品牌尚无法承担日常管理、人员投入、租金等方面的开支，只要我们坚持自己的模式，市场潜力依然巨大。”多年以后，在接受媒体记者采访时，张国伦再次用朴素的言语阐明了他的成功理念。

高看自己的智慧

大学毕业后，我和小凡相约一起去广州发展，进了同一家企业做业务销售，虽然不是正宗科班出身，但我们坚信，只要努力，我们不会比任何人逊色。

在经过一周的培训后，我和小凡怀着无比强大的信心，准备去开辟自己的根据地。但是我们很快发现，在这个城市里，稍微大一点的企业，都与公司里其他的业务员都有着密切的往来，要想挖墙脚是极其困难的事情，何况，这也是公司明文禁止的。所以，我们只能按部就班地上下班，一个月下来，我和小凡的销售业绩在销售部垫底。我和小凡都感觉很郁闷，但又无可奈何。

忽然灵机一动，隔壁不是新开了家超市，肯定有活动，我们何不趁着这次机会，去挖掘潜在的客户呢。小凡却表示了犹豫，这个办法可行不？可我们不是企划部的，那些方案，我们能做得出来不？我告诉他，做销售就不能墨守成规，很多事情没做过，但并不代表不能做，高一个台阶看自己，方才是营销之道啊。小凡最终接受了我的建议。

接下来，我和小凡忙了一周，写了份翔实的策划方案，又请企划部的同事做最后修改，最终顺利通过了老总的审核。拿着这份方案，去找超市，很快就谈妥了条件。

结果当然是双赢。超市老总为了表示感谢，还专门在它的户外广告屏上为我们公司免费播放了一个星期的广告。我和小凡也因此找到了一大批忠实的客户。自然，第二个月，我们的销售业绩大有起色。

之后的几个月里，我们抓紧时机，接连策划了几个大型活动，签订了不少单。到年末的时候，我和小凡当仁不让地被评为了公司年度最佳员工。

职场如同战场，如果只一味墨守成规，或许能稳定一时，但久而久之就会被淘汰出局，因为老总更需要的是一个能为他打天下的销售人才，所以唯有高一个台阶看自己，相信自己行，并且去努力，才能真正让自己稳操胜券，从而走在别人的前面。

孝心是一扇门

三年前，我大学毕业，只身北上，进入了一家外企公司，凭着诚实和勤奋，我很快当上了销售部主任。公司老总，也是我的老乡，为人威严，单位的人都很怕他。

公司每年都会进行招聘，本年度的招聘正如我们所预料的一样，前来应聘的人很多，光是自荐书就整整收了两箱子。原本预订的丰富中餐也缩减成盒饭，匆匆吃完，就加班加点进行首轮刷选。

下午两点，面试准时开始。我们分两组，一组负责普通职员招聘，一组负责策划部经理助理的招聘，很自然地，老总负责第二组。听说他出题很特别，但我不太相信。

只见他发给每位同学一张纸，让他们写上自己的兴趣、特长和获过的奖励，然后老总不急不忙地拿着与简历对照。很快他宣布了第一轮出局的人。让人出乎意料的是，离开的竟然是那些“顶级高才生”。老总意味深长地对我说：“公司总不能招一些假荣誉包装起来的庸才吧。”我顿时恍然大悟，不得不佩服老总心细如发、眼光独特。

接下来，老总又让剩下的人各自阐述对公司长期发展的设想，半个小时后，老总又公布了第二批留下的人。老总慢条斯理地告诉我：“相比以往，目前公司最需要的是一批勤俭务实的人，这样才能帮助公司早日度过金融危机影响下的寒冬。”

这时，面试现场只剩下两个人了，一个叫于小北，一个叫成林。

都有丰富的工作经验，也都自信，只是成林比较着急，还不时看看墙上的时钟。老总接着跟他们聊起了家庭情况。这时，时钟刚刚指向四点，成林突然站起来说："不好意思，请问应聘还需要多长时间，我并非无意打断，只是我的母亲还住在医院，在等着我去给她送饭。"老总也严肃起来，再等一分钟。接着，他朗朗地说："我们公司给策划部经理助理这个职位开出的薪资是年薪十万，你们两个都很优秀，但我更希望能招到一个全心全意工作的人，我不希望你带着任何包袱过来，成林，你能做到吗？"

也许是高薪的诱惑，成林沉默了，但紧接着使劲摇头。他不卑不亢地说："非常抱歉，如果要以牺牲家人的利益为代价来换取工作，我做不到。母亲是我这辈子唯一的亲人了，我答应过她，要照顾她，一直到老，我不能食言。"老总脸上露出了满意的表情，他握着成林的手说："小伙子，你是好样的，就是你了。这样吧，你先回去好好照顾母亲，等你母亲好了，就带她来公司，我破例给你和你母亲安排一个理想的房间。"

回来的路上，老总还不停地表扬那个诚实的学生，他告诉我："要是他同意，我反而不会录用他，因为一个连母亲都不孝顺的人，怎么能把公司当成自己的家呢？"

的确，孝心是一道门，如果你不具备孝心，打不开这扇门，等于封死了自己的路，但如果拥有了这扇门，并时时刻刻把门敞开，前面才可能有一片属于自己的浩瀚天地。

成功不可复制

两年前，大学毕业后，为了能闯出一片天地，我毅然投身于创业潮流中，我先后开过餐馆、花店、精品店，但无一不是以亏损告终。心情郁闷之下，我决定到出去走走。正好，在美国的表哥向我发出了邀请。在父母的同意下，我踏上了去芝加哥的旅途。

到芝加哥后，表哥放下手中的工作，带我去游览了千禧公园、博物馆和林肯动物园。在表哥的劝慰下，我的心情慢慢有了好转。有一天，表哥告诉我，在芝加哥，有很多中国的古籍本，你是学历史的，可以到那里转转。我到了表哥所说的书店一条街，果不其然，只要细心查找，每个店里都能找到好多古籍本。老板告诉我，来这里看书的，不光是华人，还有很多美国大学的教授，看来，很多人都说中国文化在美国很热，是名副其实的了。

不一会儿，书店走进来一个老人，虽上了年纪，但双眼精光四射，一看就不是个普通人。店老板也赶紧招呼："鲍伯·盖尔文先生，你又来看书了啊。"我一愣，顿时傻眼了，鲍伯·盖尔文可是摩托罗拉总裁啊，他怎么会来这种小地方看书？我不禁诧异，见我一直望着他，盖尔文友好地朝我笑笑，说："小伙子，你认识我？"我激动地走上前去说："当然认识，我的很多朋友都把您视为他们奋斗的榜样呢。"盖尔文谦虚地笑了笑，然后说："小伙子，你一定是有什么不开心事吧，创业失败了？不开心？"我说："你怎么知道？"盖尔文笑着说：“你的心事都写在你脸上了。”

我把这几年的经历详细说了一遍，盖尔文沉思了一下说：“小伙子，自己创业是一件好事，但你必须知道，所有的成功都是不可复制的，所以，你必须走一条与众不同的路。”尽管盖尔文的声音很小，但是吸引了不少的人，大家把他围在中间，一起说：“盖尔文先生，干脆你给我们上一堂讲座吧，我们也好借鉴一下。”

盖尔文突然严肃起来，他先是认真梳理了一下他多年的奋斗史，然后说：“我认为人人都可以成功，但前提是要有足够的胆量、脚踏实地的奋斗精神和用诚信积累下来的人脉。有了这三者的完美结合，才可以闯出一片属于自己的天地。”盖尔文精彩的演讲博得了大家阵阵热烈的掌声。

回到国内，经过详细的市场调查后，我决定开一家床吧，一个有个性的酒吧，古典风格的布置，昏黄的烛光下，三五好友可以在足够大的古典床上进行卧谈。因为创意新颖，再加上信誉好，我的生意越做越大，到现在为止，我的账户里已经有了三十万存款。

一转眼两年过去了，盖尔文先生的话我一直铭记于心，走一条与众不同的路，只因，所有的成功都不可复制。

给别人一抹阳光，就是给自己一片财富

纽约有个年轻的姑娘纳西，一直想轰轰烈烈创一番自己的事业，她从学校出来后，就利用自己赚的钱开了家皮鞋店，把店子装修得干净整齐，又做了很多宣传工作，原以为财运会滚滚而来，但结果却是门厅冷落。

她百思不得其解，按理说，鞋子选的都是最时髦的款式，店面也精心装饰了，在广告宣传上也花了血本，但为什么就没有预想中的好呢？

一天下午，纳西关了店铺，来到公园散步，突然间很想大吃一顿。她从公园出来，看到一家餐厅前人头攒动，她好奇地走过去，进了店面后，才发现这个店面很有自己的特色，走进这家店后，就看到一排雕像，伙计说，这叫扫烦礼。来这里吃饭的人，可以预先把公司领导的头像放在这里，既可以吐口水还可以拿扫把打，直到心情舒畅之后才放心地去吃饭。

这一排雕像竟然吸引着附近数十平方公里的白领消费者，纳西一下子就明白了，这家餐厅的老板聪明极致，他卖的不仅仅是饭菜，更是开心，试想现在生活压力这么大，既能让自己填饱肚子，更能排解压力，岂不是两全其美吗？

大受启发的纳西回到家后，开始筹备她的阳光计划。

此后，路过这里的人，都能看到路边一块巨大的招牌上写着四个字：阳光鞋店。走进店铺，是两块巨大的镜子，通过折射，房间里全是温暖的阳光，再加上地面和墙壁的颜色，让人有一种心旷神怡的感觉。

谁都没有想到，这次重组，给纳西带来了巨大的财富，用一个顾客的话来说："不知道为什么，一进这里，我就有种莫名的亲切感，有那种回家的感觉。"纳西把二楼的小房间改成了休息阁，顾客来这里不仅可以买鞋，还可以喝咖啡、看报纸、聊天。

一年之后，纳西手上已经有了百万资产，她并没有就此打住，而是先后在其他地方开了多家连锁鞋店，每年都能盈利千万美元。

现代都市人买东西，不仅要看实惠，更重要的是希望能买份快乐，纳西便是从别人饭店准备的一排雕像里获得灵感，在自己的小店里融入了快乐的元素，从而使自己财源滚滚，正像她的品牌广告语里说的那样：穿上鞋，走出去，一切从新开始。

所以，给别人一抹阳光的同时，其实也是给自己创造财富的机遇，相得益彰，何乐而不为呢？

摘掉自己多余的花蕾

一个自认为优秀的年轻人跑去人才市场应聘，结果四处碰壁，郁闷之下，年轻人赌气回到家，父亲说："要不，你跟我一起刷漆去？"年轻人不愿意，读了那么多书还去刷漆，那寒窗十六年，不是白读了？年轻人郁闷地想：为什么我那么优秀，懂得那么多，却没人想要我呢？

无聊的时候，年轻人干脆帮母亲种起了菜。在菜园的一角，种着很多黄瓜，每天，年轻人都坚持去浇水、施肥、除虫，一些串门的邻居鄙夷地说："你们家大学生就只会种黄瓜啊？"他的脸红得像柿子一样，但他的心里在喊："种黄瓜又如何，种黄瓜卖的价钱也会比你们高。"

在他的悉心照顾下，黄瓜越长越好，不多久，就爬满了瓜架，形成了一个碧绿的棚架，可观可赏，还可纳凉，后来就开满了密密麻麻的花。他心中可高兴了，可是，等瓜长大后，他却呆住了，那些黄瓜长得畸形瘦弱，没几个好看的。年轻人想不通，就去问父亲，父亲说："下一次花开后，你去摘掉一些花。"年轻人很不解："每一朵花豆都是一颗果实，这样摘掉多浪费啊！"但他还是依从父亲的提醒，摘掉了一些太过紧密的花。

摘花之后，年轻人又赶紧施了一些肥料。出乎意料的是，这些瓜长势喜人，一个个又大又长，拿到市场上很快就卖了个好价钱。

年轻人问父亲:“为什么摘掉一些花后，黄瓜就能长得又大又好看呢？”父亲笑了:“不摘多余的花，养分就分散了，不利于黄瓜的生长，因为养分就那么一点。”

年轻人恍然大悟，他想，找工作其实就像种黄瓜一样，找准那个点，才能有的放矢啊。从此，他不再迷茫，凭着自己在大学里所积累的营销知识很快在一家贸易公司站稳了脚跟。

是的，人生如瓜，时间便是养分，短暂的时间里不可能去谋求全面的发展，那就像摘花一样，找准自己熟悉的支点，在最擅长的领域，通过不懈的努力就一定能实现自己的目标。

第四辑

鲜花从来不自卑

她忽然提出要去看花，刚走到山坡上，满山的映山红扑入眼帘，她小心地摘了一朵给他，她说：“你看，鲜花多漂亮啊！它们却从来不自卑！跟我回去吧，重新开始。”说这句话时，他突然哭了，紧紧抱着她。

打开另一扇窗

爷爷是个菜农，种了一辈子的菜，也卖了一辈子的菜。说也奇怪，爷爷卖菜不管去哪个地方，不到半个小时满满的一担菜就被抢购一空。有次，我和哥哥好奇，说我们也去卖菜，去体验一下。爷爷欣然同意。

我和哥哥担了菜去市区，正好碰见叔叔也在卖菜，自然我们就待在了他的旁边。叔叔的菜很整齐，很新鲜。相比之下，我们的菜上面有很多斑斑点点。来叔叔旁边买菜的人大都是年轻人，虽说我们的菜很干净，但别人翻了翻，老说我们的菜质量不高。

到了下午，我们担着大半担菜回来了，爷爷惊讶地问："你们为什么不说说自己的菜呢？"我说："叔叔的菜很漂亮，我们比不上。"爷爷说："你叔叔的菜只能糊弄那些年轻人，他的菜是靠药扶起来的，经常是今天打了药，明天就去卖，我们的才是绿色蔬菜。"

隔了会儿，爷爷说："我带着你们去卖。"

爷爷带着我们去了另一个小区，他说他从没来过这儿，爷爷旁边还坐着很多卖菜的人，那菜和叔叔的一样漂亮。

爷爷不慌不忙地拿出几个土鸡蛋放在前面，鸡蛋在明晃晃的阳光下，泛着金黄的光。见到顾客远远走来，爷爷笑脸相迎，还不时交流一些做菜的经验，遇到有疑问的顾客，爷爷拿起蔬菜解释着："看起来有些小孔，但没打过农药，这个时季，不打药就喂饱了虫子啊。不过，这样的菜，吃起来放心。”一席话把顾客说得连连点头。没多大工夫，爷爷的菜就卖出一半了。

再有顾客仔细翻的时候，爷爷却没解释。回家时爷爷告诉我们，大家都认可了，就没有必要再费唇舌了。

爷爷拉着我们的手说：“卖菜和做人是同样的道理，你把自己隐藏得越深，就越得不到别人的认可。与其那样，还不如干脆把自己的心袒露出去，来获得别人的尊敬与认可呢！”

心里那抹向家的朝阳

从小就在母亲的臂弯里长大，我喜欢那种安宁的感觉。

老屋还是以前的样子，只是主人，已经鬓发苍白。很多年都没有回家了，屋前的那两棵槐树，已经粗壮无比，风华正茂。横一架秋千，躺在上面，遥听来自山那边的驼铃声，非常惬意。母亲正在厨房里煮甜酒，她知道我们爱吃，每次回来她都要弄。冬天，甜酒能久放，妈妈一次就泡了二十斤米，夏天就只敢泡三两斤。

父亲的脚步声响起。肩上一担篮子，里面全是鱼、肉，还有我最爱吃的爆米花。很少见父亲这样忙碌了，忙碌的背后却是一张笑盈盈的脸。我刚走到灶下，母亲就挥舞着手臂说："去休息，去休息。"

只好到外面，远远地看见父亲正在和田里劳作的乡亲们打招呼。有人说："看你乐的，是不是捡了什么金元宝啊。"父亲就朗朗地笑："比这个还要实在，我两个仔都回来了。"那人就说："儿子回来了，你就更忙了。"父亲边走边说："只要他们常回来，我再忙，也忙得值。"

声音一波一波地传来，我的心一阵阵温暖。

忽然想起小时候，父亲每天晚上都会在村口的那棵槐树下等我放学归来。抱起我，狠狠地亲两口，"乖儿子，回来了。走，回家去哦。"我就在父亲如山的背里，眯着眼，静静地享受着，小小的心，很安静很温馨。

风儿轻抚，岁月如歌。在父母强有力的臂弯里，以前那个淘气的小子，转眼长大成人，娶妻生子。而父母却变得瘦小，虚弱。虚弱得只剩下一点点心愿：只希望不被我们淡忘。

一家人都围在火锅边，母亲不停地给两个媳妇夹菜，父亲就不乐意了："瞧你，从来就没给我夹过菜。"母亲笑着说："好好好，看在儿女都回来的份上，破例给你夹一回。"父亲也忙着给儿媳夹菜。

眼睛触到母亲那双苍老的手，我的眼忽然一红，强忍住泪，赶紧从行李包里取出一盒保健品说："妈，给您的。"母亲乐了，冲父亲说："你看，还是儿子心疼我。"父亲瞪了瞪母亲，又瞧瞧我，我连忙说："少不了您的。"说着赶忙给父亲取来衬衣。父亲这才笑了，兴奋地说："你别臭美了，儿子还是心疼老爸些，你瞧瞧这衣服，多气派！"

在家待了一周，接到单位通知，我不得不匆匆踏上离家的旅程。一周后，妻子给我整理行装时，忽然惊讶地说："你快来看看，给母亲的保健品她又原封不动地给我们了。"上面还有歪歪斜斜的一行字：儿啊，有你这份心意，妈就知足了。你岳母身体不好，你给她捎过去，就说感谢她，给了我们这么好一个儿媳。如果有时间，就多回来走走，老家虽穷，但至少是你家，妈不图别的，就只想多瞅你几眼……

忽然想起，前不久，在岳母家，我们也遭受了几乎同样的待遇。同样被偷偷塞到了行李里，同样类似的留言。再看妻子，她早已是泣不成声。我轻轻挽住妻子，深深叹口气。

原来，我们的母亲，奢求的，不过是我们心里那抹向家的朝阳。

爱，就是这样演绎

十三岁那年，男孩一家人准备回老家过年，半路上发生了车祸，男孩的一条腿断了，而父亲的头部也被重重撞伤，从此失去了听力。

那一刻，男孩想到了死，他是多么希望自己能成为一名著名的运动员，可是现在已经变成了一种奢望。父亲在他身边坐下，把《钢铁是怎样的炼成的》递过去。“看过这本书吗？”父亲在纸上写。男孩轻轻点头。“再看一遍吧，现在你是如此需要它。”父亲接着写。男孩在纸上轻轻地问：“我真的还可以做一个有用的人吗？”父亲微笑着，用力拍了拍儿子瘦弱的肩膀。

男孩从此迷上了画画。这一画就是五年，在这期间，男孩一度想到了放弃，但想起父亲此时也与他受着同样的痛苦，男孩也就欣慰了，也因此勇敢起来。

五年后，男孩的一幅画在全国青少年美术比赛中获得了一等奖，从此他一发不可收拾，到处获奖，到处开画展。男孩的每一次画展，父亲都会来参加，他虽然听不到别人对他的赞美，可是他能看得到，每天，父亲第一个来到会场，然后坐下，任满足和幸福在他脸上静静地流淌。

男孩结婚那天，他给父亲跪下，他抱着父亲的腿，号啕大哭。父亲说：“你现在还哭什么呢，你已经成功了，事业和爱情双丰收，我们应该高兴才对。”儿子说：“没您这五年的陪伴，我哪能有今天啊。”

婚礼结束后，母亲叫他的名字，父亲居然在这头应着。

男孩惊呆了，好半天才回过神：“妈妈，你快来看，爸爸能听见声音了呢。”

“傻孩子。”母亲摸着儿子的头，“你爸根本就没聋，他装了五年，全是因为你，因为我们知道只有拥有和你同样的痛苦，才能安慰你这个倔强的孩子啊。现在你已经长大了。你爸爸才用不着继续装下去了。”

“为了我，父亲竟然装了五年的聋子……”男孩说完这句话，扑倒在母亲的怀里，早已泣不成声。

那个傻瓜的爱

老实说，我真的不愿意和他一起出差。我讨厌这个天天只会吹牛，什么都小气的男人。可是有什么办法呢，这是经理的意思，一想到要和他共处5天，我心中就傻了。

一路上他老是在和我吹他家乡怎么美，哪里又修了大楼，哪里又出土了什么文物，他还说邀请我到他家里玩，那里真是块风水宝地，我把头扭过去，真想吐。

到了租的房子，他说要邀请我去孤儿院，被我委婉拒绝了。我邀请了几个文友，打算一起去喝酒，晚上六点多，我经过孤儿院的时候，从车窗内看到他抱着几个孩子，围着一个卖冰糖葫芦的人。

朋友告诉我，他倒是经常见到他，听说他还资助了好几个孤儿。

我就从没见过他如此好心过，我嘲笑。

回到租的房子时，他还没睡，一见我回来，他热情地爬起来，要给我倒茶，我说不用了。等了一会儿，他又站到窗台上，掏出手机打电话，看他一脸幸福的表情，我想，说不定他和这个城市的某个相好联系呢，这样的男人真是龌龊。

他不停地说着话，像是在跟领导汇报一样，我片刻也不想待下去，我说我去洗澡了，他点点头，继续打电话，我回来的时候，他刚刚挂断。

“不好意思吵着你了。”他不好意思地笑。

我说没事。“你打给你妻子啊？”片刻后我又问。

“是啊，一天晚上打一个，都成习惯了，不打心里不自在。”

“你妻子这么晚都没睡啊？”我问。

“嗯。”他叹了口气，“我想睡觉对她来说已经是多余的了。”

我呆住。

“她在5年前因为一次车祸死去了。”他顿了顿，接着补充，“为了救一个学生。”

原来他的妻子是一个老师，我越发惊讶：“这5年来，你一直都有这么一个习惯？”

“是的！”他说，“这样她就能知道我每天的行踪，活着时，我让她天天担心，死了，我不想她再为我牵肠挂肚了。”

“可是她能听得见吗？”我又问。

“能，我相信一定能。”他点头如捣蒜，“不信，你听听。”他又掏出手机，拨了9个9，电话里传来一阵忙音。“听别人说，拨9个9能连通到天堂，我试了，我真的能听到她的声音呢，我感觉我们就在一起，我甚至能感觉到他的心跳。”

“你真是个傻瓜。”我忽然羡慕起他来。

“我妻子临死前有个心愿，”他又说，“她想资助100个孤儿，她生前没有完成，我得继续走下去。”他扳着手指数了数，还差一个就50个了。他眼里滚出两滴满足的泪水。

那个瞬间我对他肃然起敬，在这之后，我脑海中便经常浮起这么一个画面：在那个美丽的下午，在公园里面，一对中年男女手里抱着两个孩子，幸福地往前走着，在他们的后面，还跟着一群红领巾飘飘的孩子，他们的笑声一浪高过一浪……

二十步之爱

女人得了一种怪病，隔一个小时就要上次厕所，尤其是在晚上，在冬天，那时累了一天的男人正在熟睡，女人显得更为小心，她不想惊醒男人。

尽量放低声音，屏住呼吸，女人蹑手蹑脚地向前走，女人几乎是凭感觉绕过那些坛坛罐罐的，很多时候女人一度认为自己像一个贼。

那次，朋友过生日，他们也去了，晚上没回来。女人照旧摸黑起床，却不想白天记的方位不准确，碰到了一条凳子，声音很轻，但大家还是被惊醒了，朋友大声喊捉贼，开灯，才发现是一脸尴尬的女人。朋友说：“怎么不开灯。”女人说：“我怕惊醒了他的美梦。”

以后，男人只要是带着女人出去，总会打开灯，女人说：“没事，关上，我记得方位。”男人轻轻握着她的手说：“我怕摔坏了你的肚子，将来生不出宝宝。”女人就幸福地笑了。

女人还是住进了医院，接着是手术。医生说女人至少得在床上休养两年。女人是一个爱美的人，每天早上她都要到外面走走。她不想自己憋得慌。

男人在一家工厂上班，女人从医院回来后，男人就把早班换成了晚班。

旭日东升时，男人就把女人抱到阳台上。那里，他给女人做了个睡椅，男人接着给女人读报纸、讲笑话。女人喜欢太阳，男人就画了个火红的太阳挂在阳台上，女人喜欢追星，男人就到处搜集明星的照片和新闻。女人说在家无聊，男人就想方设法地弄来一台电脑。

那次，男人去上晚班，下班时因为太疲倦不小心在车上睡着了，等他醒来，太阳已经很高了。男人急了，顾不上打电话，抬腿就跑。

男人一脸汗水地跑回家，才发现女人正爬在门口，两眼傻傻地向外望着。

男人低头抱起女人，女人给他拭汗，男人轻轻问："我们去看太阳吧。"女人点点头。

男人走的时候，女人心里头就在数：一步，两步……女人闭上眼，一滴泪水落在地板上。

从卧室到厕所，十步，从阳台到卧室，十步，这二十步的距离，却牵着男人，牵着女人，奔向人生每一个幸福的终点。

牵满爱的手机

终于决定要给父亲买一台手机了。父亲是个生意人，每天不是忙着担烟游乡，就是去市里贩菜卖。因为回来得很晚，家里有什么事，每次都通知不上。

父亲用的手机不能太花哨，屏幕也不能太小，挑来挑去，我选了款诺基亚，我想父亲一定中意。回到家，刚拿出手机，母亲就开始唠叨了："这又要多花很多冤枉钱啊，家里有一台电话了，光月租一年就 180 啊，要是再多一个手机，那得花多少啊。"我按着母亲的肩膀说："这不是让你和父亲多联系感情吗。"

父亲却兴奋地摆弄着，我教父亲怎么发短信，怎么翻找电话，以至于母亲的饭弄好了，父亲才意犹未尽地过来，吃饭时还忘不了把手机摆在桌子上，母亲忍不住说："瞎摆什么啊，不就是一个手机吗。"父亲瞪了瞪母亲，又瞧瞧我，笑着说："你懂什么，这是儿子送给我的。有本事，你让儿子也送你一个。"母亲连忙夹了一块菜放在我的碗里，我连忙说："走，妈，下午我们就逛街去。"母亲乐了，冲父亲说："看，还是儿子心疼我。"

我才走一周，手机突然响了，是短信，父亲的，翻开，却一个字也没有。我急了，以为家里出了什么事，连忙打电话，父亲说："是你母亲在弄，她想给你发短信。但又不知道怎么弄，我都说了她好几次了，她就是不听，你快劝劝她吧。"

“这怎么能劝呢？”我埋怨父亲，“你们在家里瞎折腾吧。”父亲笑着说：“这不就是想多和你聊聊天吗。”晚上，父亲的短信又来了，里面一行字：怎么拍照？我只好匆匆上了回家的车，这一教，又是一个晚上。

周末时，才起床，有敲门声，是风尘仆仆的母亲，她肩膀上扛着一大包蔬菜，打开，滚圆的黄牙白和翠绿的蔬菜都争先恐后地跳了出来，我忙拿起一根黄瓜，洗洗，迫不及待地啃了起来。母亲说：“今天特意向你取经来了，那个糟老头子老是说我不会发短信。我就不信这个邪。”本来今天是有个约会的，看着母亲兴奋的眼神，我只好打电话取消了约会。

刚过了半个小时，父亲也提着一个袋子过来了，一进门，父亲用他特有的大嗓门喊：“老婆子，难怪找不到你，原来躲到这里来了。”说完，抢过母亲手里的手机，在我的书房里找了起来，我纳闷地说：“爸爸，你在找什么呢。”

父亲也不抬头，翻起我的一本样刊，就拍了起来，母亲说：“你爸爸就是不认输，前些天，他对村主任说，他儿子成作家了，可村主任就是不信，这不一直嚷嚷着要过来拍照。”

忽然想起小时候，父亲背着我，让我念被老师表扬的作文，原来这些年，我一直都是父亲的骄傲，望着父亲头上的缕缕白发，我心里一动，我说：“爸，那你现在最想做什么呢。”父亲看了看母亲，笑着说：“我和你妈现在不图别的，就想在茶余饭后，好好看看我们儿子写的文章。如果你没意见，我就把这些样刊扛回去了。”

父亲说这话时，眼里洋溢着幸福的微笑，那天，我争着要给父亲提书，父亲拒绝了，他边走边把一只手搭在我的肩膀上，我看见父亲的手，安静而沉稳……

心头的那轮明月

写下这个标题时，我不得不想起我的父亲，那个面朝黄土背朝天的农民汉子。

我所在的那个城市是个贫困县。因为经济拮据，母亲早逝，父亲不得不把一岁的妹妹送给了别人，但即使是供两个人读书，家里也欠债累累。那个时候，一家四口一年能吃上五斤油就相当不错了。家里本来是有茶籽油的，父亲舍不得吃，卖掉了。因为没东西吃，于是我们就盼望着过节，过中秋，过春节。只有过节，父亲才舍得买上几斤肉，我们也才能分到买零食的钱。尤其是中秋节，因为远在深圳打工的叔叔要回来，父亲显得格外重视。我记得，每次叔叔都要带很多玩具送给我们。

早早地把院子收拾干净，请来爷爷奶奶，接下来就只等风尘仆仆赶来的叔叔了。等一家人坐好，父亲便走到香案上，点上香火，放上一块月饼。有一次，我忍不住好奇，走过去问："爸，你这是干什么？"父亲低下头，看我，脸上有说不清的失落和后悔。

读大学后，我和哥哥先后离开家，但不管路途多远，每年中秋节我们都会准时回家，坐在明月下，品着月饼，听父亲说那嫦娥的故事，尽管这故事父亲已经重复很多次了，但我们还是百听不厌。

大学毕业后，为了自己的理想，我毫不犹豫地买了去深圳的火车票，临行的那天凌晨，父亲想送我去火车站，我执意不肯，我怕刚在医院做了阑尾炎手术的父亲受不住，最后父亲只好依依不舍地说："在外要照顾好自己，想家时，就给家里打个电话，我在这头盼着呢。"走了几个山头，回头望去，父亲还站在屋前那棵槐树下，痴痴地招着手，我心头一热，不禁泪流满面。

转眼娶妻生子了，掐指算来，我和父亲已经有五年没一起过中秋节了，想起童年的那段温馨时光，想起父亲的故事，蓦地痛从心中起。真不知父亲这五年的中秋节是怎么过的，我和妻子商量干脆把父亲接来一起过，第二天我向公司请假，买了回家的飞机票。

明月当头，父亲破例喝了两口酒，跟我们讲起五年已经没有听到的故事。父亲才刚开口，儿子就唠叨起来："好老土哦。"父亲一下子就怔住了，端酒的杯子停在了空中，脸上一脸沮丧。我连忙扯儿子，心痛地说："你爷爷就那么一点嗜好，你成全他，好不？"儿子马上意会，央求着爷爷讲，父亲这才眉开言笑。

看着讲得眉飞色舞的父亲，我心中一热。心想：父亲的爱虽然不如母亲那样细腻而温柔，但它就好比月亮一样始终如一，那么执着，那么无声无息，没有半点怨言。把爱无私地撒给我们，把痛和艰辛往自己心里藏。

眼里涌出一片晶莹，我望着父亲，心头大声说：父亲，你就是我心中那弯永远的明月！

答应过眼睛

年轻的母亲和五岁的儿子看电视，母亲指着电视问儿子："电视里戴眼镜的阿姨漂亮不？"儿子点点头。母亲又问："妈妈漂亮不？"儿子仍点点头。

"那是妈妈漂亮还是电视里戴眼镜的阿姨漂亮？"

儿子昂起头，认真地说："妈妈漂亮！"

"那么，要是妈妈眼睛看不见了，妈妈还漂亮不？"

儿子说："在我心目中，妈妈永远是天下最漂亮的！"

"真的？"

"真的！"儿子骄傲地说，"不信拉钩。"母亲果真和儿子拉了钩。母亲拉起儿子说："那你陪妈妈去买眼镜吧？"儿子摇头说："为什么要去买呢？这样不是挺好的吗？"

母亲笑了："你不是看见了吗，电视里的漂亮阿姨都戴着眼镜的吗？再说了，妈妈要是戴着眼镜回来，小区里的人都会以什么样的心态看我？你爸他又会怎么样看？"

儿子拍着双手，大笑说："小区的叔叔阿姨们肯定都羡慕得要死。"

"他们羡慕什么呢？"母亲微笑着问。

"羡慕我有一个漂亮、时髦的妈妈啊！"儿子转转身子，顽皮地做着动作。

"还有呢？"

“爸爸肯定会发呆了，他可能都认不出你来了，这时该我出场了，我就说家里来客人了，然后滑到他的手里，说这个客人就是妈妈，妈妈是我们最贵重的客人呢。”

母子俩一起开心地去了眼镜店。儿子去厕所的时候，母亲迅速拿出电话拨了个号码，电话那头是个沉重的声音，“孩子搞定了没？”

“是的，一切都如你所愿。”

“那就好。”男人长长地叹口气。

不久后，母亲就住进了医院，母亲始终微笑着，戴着眼镜。一年后，母亲离开了这个世界。她走的时候，一直都戴着眼镜。

儿子知道真相是在多年后，她的母亲因为肺癌去世，她离世前所做的最后一件事，就是用她的眼角膜救助了失去光明的孩子。那时，儿子已经长大，做过服务员，干过导游、保安。但不管人生怎么沉浮，他脸上都是一副微笑的表情，给人的印象是一个打不倒、拖不垮的男人。直到他开了家公司，成了造福一方的老总。在记者面前，他才说出了实情。

他说：“这都是多年前患病的母亲给我的影响。”

“可是你的母亲在你七岁的时候就离开了人世。”有记者不解地问。

“是的。我母亲是走了，但她在离去前一直都以言行身教影响着我，在母亲的灵堂前，我就答应过自己的眼睛，从此以后，不管我的人生怎么坎坷和曲折，在痛苦面前微笑是我所有的表情，因为那不仅仅是一种勇气，更是一份对亲人和家庭的责任和义务。”

那个离你最近的人

我曾在电视上多次看到过这样的新闻，一对父子关系变得水火不容，甚至不惜大动干戈，接着便是父亲出走。从此，势同陌路。亲朋聚会，别人提到儿子，老父亲便会火冒三丈，似乎在他的眼里，十年不见，二十年不相见，也不会难过。但直到有一天，当儿子落难了，父亲便再也坐不住了。

儿子得了尿毒症，需要换肾。对这个并不富裕的家庭而言，治疗只是一个遥远的幻想，灾难把这个本就不幸的家庭推到了风浪尖上。

更让人难堪的是，妻子和儿子也相继离开了他。

生活便是这样，貌似再恩爱再甜蜜的夫妻，在天灾人祸面前，也常会分崩离析。看着亲人劳燕分飞，他却无能为力，他陷入了绝望的境地，唯有一天天地等死。

有好心人建议他："为什么不去找你的父亲，至少能多一个人帮你想办法？"他苦笑："多年前的年少无知，把疼我爱我的父亲气走了，整整十年了，他都没联系过我，在他心中，也许早就没我这个儿子了。"

站在医院的门口，很多人都在猜想，儿子生命中最后的亲人到底会不会出现，他真能甩手不管儿子的死活？几乎没有任何疑问，最后的答案，父亲一定会来。因为，在生活的危难时刻，离他最近的，只可能是最疼他最爱他，纵有恨也舍不得他的年老父母。而事实的确如此，老父亲卖了房子，卖了地产，来到医院。不顾自己已是高龄老人，依然捐了一个肾给儿子。出院的那天，儿子跪在父亲的面前，痛哭忏悔。

生命中，我们都会有这样的经历：年幼时，最好吃的，永远都在我们的手心，长大了，父母便日盼夜盼我们回家，等真正到家了，父母开始忙碌了，往往是一大桌子菜，而很多时候，我们只是动了几口，就匆匆离去，那些剩菜剩饭，便成了父母数日的工作。等再回去，又是如此。即使是父母到城里来看我们，他们总是把家里的东西大包小包地往城里带。

我们这辈子，总会结识很多的人，有肝胆相照的朋友，有同床共眠的情侣，但没有人能取代父母在我们心目中独一无二的地位，开心的时候替你开心，痛苦的时候来安慰你，而不在身边的时候，又在日夜思念着你。

十年前，我和妻子回老家。妻子是城里人，从没到过乡下，当我告诉她，乡下蚊子多，蛇也多，又没电扇时，她便吓坏了。那个晚上，是母亲陪她睡的，担心蚊子咬她，母亲便不停地用扇子为她驱赶蚊子，妻子甜甜地睡了一夜，而母亲却折腾到黎明。

一年前，儿子在学校体检时，检查出有乙肝，我不敢相信。带着儿子去大医院复查。去得晚，抽完血已经是十一点了，而结果要到下午五点半出来，我不忍心儿子跟我一起等，便叫他回家。

在大街上漫无目的走了一大圈，我又回到医院。

找了个宽敞的地方，正想好好睡一觉，有人拍我的肩膀，是白发苍苍的父亲，他提着保温桶，一脸汗地责备我："没吃饭吧？你妈就料到了你要省钱，这不，她给你熬了鸡汤，让我给你带过来。"等我吃完，父亲突然要赶我走，尽管我告诉他，我今天放假，不用去单位，父亲依然鼓起大眼说："等一个结果，还要两个人？这是浪费资源。”接着，又重重拍了拍我的肩膀，说：“没事，就多陪陪你儿子，和孩子多沟通沟通。”我心里一暖，我知道拗不过固执的父亲，我也知道，其实父亲还有一句话没说，那就是多陪陪我年老的母亲。

忽然想起早上妻子发给我的一条测试短信：在你生命中，哪个是离你最近的人？选项是朋友，妻子，父母。其实，我早就知道答案，从你生命呱呱坠地起，那个便开始关注着你，疼你爱你，给你最好的，能和你分享快乐，能和你承担痛苦的，只可能是为你任劳任怨的父母。

我微笑着编辑好答案，发送，盖上手机。转身，我看见父亲正微笑着朝我挥手告别。

最初的温暖

他是这个班上唯一的插班生，也是唯一没有住校的学生。他的父母在一个工厂里做搬运工。

周五的主题班会上，老师让每个同学都来介绍自己的家庭。轮到他，他一下子就脸红了，他是个爱面子的人，他知道他卑微的父母受不起大家的取笑。

那节课，他是唯一走到讲台上没有说话的人。

下了课，他听到很多同学对他指指点点，但她是例外。他也就特别地留意她。

黄昏。他出来拣废品，却不料在路口遇到了她，女孩好像明白了什么，主动跟着他，他惊讶地问："你不怕脏？""不怕，而且我也觉得这特别有意义。"她笑，露出两个甜甜的酒窝。头一次，他觉得捡废品不再是丢脸的事。

她主动要求和他同桌。

因为是插班生，他的成绩在班上并不耀眼，很多问题他都不懂，她就教他，中午的时候，同学们都去玩了，他们是唯一在教室里看书的一桌。

那个年代的学生，也渐渐懂得一些朦朦胧胧的爱意。他觉得他喜欢上了她，有时做梦他也会想，要是将来能娶个这么好的女孩，那该多好啊。

初三那年，他父亲出事了，本来拮据的家庭一下子陷入了危机，他一度想到了退学。开学六天，他还没有报道，虽然班主任也来过，但都撼动不了他退学的念头。

她来看他，背了个大书包，她说："我一直在等你。明天去上学，好吗？"他没有回答，因为他根本没钱交学费。她把书包里的钱掏出来，一角，两角，一元，两元，她数了十多分钟，一共有三百一十五元，她说这是她这几年积累起来的零花钱，不多，却足够交他的学费了。他气恼地说："我不去，我不用你的钱。"她委屈地哭了，说："你先拿着，长大了，再还我，这总可以了吧。"他最终还是没有拗过她，依了她。

刚考完中考，他却得知她们一家要搬走了，他一下子呆住了，半晌后他从家里冲出来，朝她的家跑，远远地，他就看见她坐在车尾，他大声喊，跟在车子后面追，也许车子太快，他甚至来不及跟她说声再见，车子就无影无踪了。

她走后的一周内，他都没睡好，总有一种丢了东西的感觉，他努力地找，却又找不到。一周后，他收到她的一封信和一个包裹，她在信里说她一切都好，希望他们可以在大学里再相见。包裹里是他读高中所需要的参考资料，她怕他弃学，提前给他预备好了。

他一直记得她在信里说的那句话，所以不管有多苦，他一直都努力坚持。高考，他以全市第一名的成绩，考上了北京大学。

他按照信上她留的地址，风尘仆仆地来找她，却被告知，她在两年前已经搬走。他怔住了，从那个时候起，他开始知道什么叫心疼。

大学毕业后，他进了一家外资企业，三年后他升职成了部门经理，再三年后，他拥有了自己的公司。

但是他从没有放弃寻找那个陪伴他六年学习生涯的同桌。而且，这种欲望也越来越强烈。

终于有一天，他得知女孩搬到了家乡湖南的一个小县城里，他二话不说，就过来了。他一口气在这个城市里开了三家公司，他成了炙手可热的名人。

有一天，他正在和家人吃饭，电视台的一个记者告诉他，那个女孩有眉目了，就住在本县的杨家茂小区。

还没敲开门，他就听到里面有个男人说话的声音，也许是她哥。他把来意说明了，他只想见她一面，并不想打扰她的生活。

“为什么还要见呢，都那么多年了，她不再是当年的她，而你也不再是当年的你。见了面，又如何，还不如不见。”

他说：“我找她，都找了快十年，见不到，我不甘心。”

男人沉默了会儿，才说：“如果她不愿意见你，或者她已经不记得当时的事情，你还会这么执着吗？”

他说：“是的，我只想当面对她说声谢谢，当面把她借我的钱还给她。这十年来，我无时无刻不在想她，想她的好，想她给我的温暖，我今天能走到这个地步，都是因为她的鼓励。我想，如果她也像其他同学一样，在我贫穷的伤口上撒盐，也许我的人生就会截然不同……”

说到动情处，他不免潸然泪下。最后他补充说：“我只想看她一眼，想知道她是不是和我一样，还幸福美满地活着，请你成全我这个小小的愿望。”

屋里传来一声沉重的叹息，接着门开了一半，露出一张年轻的脸：“她这几天不在，出差了，等她回来，一定会给你一个答复的。”

几天后，他收到了一封来自广州的信：“曾经六年的郭同学，不瞒你说，其实我早知道你在找我，只是我不想去见你，因为我知道你会失望。毕竟过去那么多年了，我想那些曾经的美丽，只能藏在风的记忆里，却经不起现实的摧残。我想你也一定认同我的想法，感谢你这些年为我所做的一切，如果你真为了我好，那么就请保持这份最初的温暖，并且好好地活着，好好地为家乡人民做贡献。”

他不知道这封信是那个年轻人写的，他的妹妹在三个月前，在抗击雪灾的斗争中，负了重伤，抢救无效死亡。

一只蟋蟀的眼泪

在我十八岁时，我曾养过一只蟋蟀。

那一年，学校特别流行斗蟋蟀，作为追赶潮流的我，自然不甘落后。在想尽了很多办法后，我让母亲回老家帮我捉了一只非常强悍的蟋蟀，取名叫无敌。

我小心地用盒子装好，随身携带着。记得有一次上体育课，几个同学正在斗蟋蟀，看他们的蟋蟀斗得你死我活，我急忙把我的蟋蟀也放了进去，结果我的蟋蟀大获全胜。

斗蟋蟀是有学问的，必须以细软毛刺激蟋蟀的口须，这样才能刺激它的野性，鼓舞它冲向敌人，所向披靡。反之，如果触动它的尾巴，则会引起它强烈的反感，甚至宁肯被敌人杀死也不愿被侮辱。

当时，学校里斗蟋蟀的人多，但真正知道怎样指挥蟋蟀的人却很少。为了维护我“蟋蟀王”的地位，我自然也不愿意说。

高考前的一周，我突然接到了一份挑战书，是来自于另一个学校的。我不敢告诉父亲，父亲最讨厌不学无术的人。记得初三那年，哥哥和几个同学去外面鬼混，父亲知道了要赶他出门，还是哥哥在门外跪求了一天一夜，父亲的火气才平息下去。

那一天，我和几个同学来到了事前约定好的一个废旧汽车站。忽然有人从后面赶过来拍我的肩膀，是个叫雷子的学生，雷子说：“听说你的蟋蟀是这个学校里最强的，有胆比试一下吗，谁输了谁就从对方的胯下钻过去。”那时年少气盛的我，怎会轻易认输，想都没想，我拍着胸脯就应允了。

各自掏出蟋蟀盒，将它们放在一个较大的瓶子里，各自挑弄一番，战争就开始了。

看着雷子的小蟋蟀，在我的“无敌”摧残下，节节败退。我的心里乐开了花。我正要和同学商量着晚上怎么庆祝，突然有人喊：“军哥，你的蟋蟀不动了。”我扭过去一看，只见我的蟋蟀躺在盒子里，一动不动。

雷子正阴笑着。

我忽然明白，一定是雷子在搞鬼，我的无敌刚才还好好的，怎么突然就死了呢。握着拳头，我愤怒到了极点，也没计较后果，朝他奔了过去。双方扭打在一起。小惠也跑过来帮忙。

混乱中，我听到有人大喊，有人中刀了，接着便是我的同学小惠倒地的声音。

雷子他们迅速成鸟兽散。

那天晚上，我在医院陪了他一个晚上，小惠父亲过来的时候，在医院门口紧紧盯了我十分钟，才摔门而去。我愧疚地看着扎满绑带的小惠，我忍不住流下愧疚的眼泪。

小惠最终因为伤势严重，没能参加高考。那些他曾经憧憬的梦想，正如轻烟般，消散无踪。

我如愿以偿地考上了大学，去了远方。

以后的几年中，我和小惠几乎断了联系，听同学说，他一家人都去福建了。

一次出差到福建，我决定顺便去看看小惠。这些年来，我一直没有忘记那个下午发生的事情，那些痛在我心中无限地扩大开来，多少个夜晚，我都在泪眼中惊醒。

几经周折，我终于打听到小惠的住处，到达郊外小惠租住的地方，屋内没人，邻居告诉我，他刚刚出去，不知到哪里了。

我下楼后等了许久，还是没有等到小惠，正准备离开时，我却在小区外的一片草丛旁，看到了小惠的身影，他匍匐着身子，正在紧张地寻找着什么。受好奇心驱使，我问："你在干什么呢？"他回答："给侄子捉蟋蟀呢。"

我的心猛然间就开始有了疼的感觉。只见小惠忽然大叫起来："找到了，找到了。"说着，便掏出一只盒子，小心翼翼地把蟋蟀放进去。

我甚至可以看到那只蟋蟀的眼神，就那么望着我，冷漠、鄙视与不屑。

在蟋蟀落入瓶底的时候，我分明看到它的眼角边有一片晶莹……

那种温暖抵过百转流长

那一年，父亲找尽了所有的关系，才把我弄进这所高中。从农村里的一所普通中学，一下子跃升到国家级重点中学，我的心里是庆幸而自卑的。

在这个班里，别人的父母要么是政府公务员，要么是企业老总，只有我是个例外，我的父母没读过书，还生活在贫困线以下。

从我背着黄布书包，穿着的确良衬衫和军鞋，踏进校门的第一天起，我就受到了各种歧视，同学们那种刻薄而尖酸的眼光就不用说了，就连守门的保安，有次也差点把我当成乞丐轰出去。我没有哭，纵有眼泪，也止于眼眸。我告诉自己，一定要坚强地活着，要活得有尊严，有自信。

我开始每日每夜地努力，头一个学期，我的成绩由入校来的倒数第二名，上升到正数第三名，第二个学期，我上升到全年级第一名。但在同学的眼里，我除了成绩优异之外，是个别无所长的乡下丫头。

班上组织夏令营活动，我没参加，因为没钱，我也没有张口向家里要钱，父母为了能将我转到这个学校，已经花光了家里所有的积蓄，我不忍心让他们过度操劳。同样是因为没钱，班上组织的野炊活动，我也是一个人一队，同学们吃饭的时候，我只能跑得远远的，摸出早上买的冷馒头，飞快地吃了起来。

每到月末的时候，我都会跟着父亲去另一个城市进货，看着父亲在烈日炎炎下，背着大包小包，艰难地往前走，我的心阵阵酸痛。

就是这样的家境，让我每一次面对班上的家长会，都不知所措。然而，父亲终究是要来的，班主任已经下了最后通牒，要是父亲再不来参加家长会，班主任只好去请了。

我把这个消息告诉父亲时，他正在简陋的房子里修着吊扇，这个炎热的夏天，父亲决定给我们这个家装一个电器，吊扇是在废品站回收的。父亲年轻时，学过半年维修，敲敲打打地弄了半个小时，吊扇便开始运作了。父亲从身上摸出二十元给我，又问："什么时间？"我说："这周星期六，如果你有什么事，跟老师说一下，可以不去。"其实，我是希望父亲真不去。父亲一直以我为他人生的最大骄傲，哪会知道我心里的想法，他只是望了望自己打满补丁的衣服，然后说："燕儿，放心，我不会丢你脸的。"

周六，我很早就在校门外等待。一向准时的父亲，却迟迟没有出现。我长长叹了口气，正如我所料，父亲没有来，这样也好，免得让大家看我的笑话。正当我转身进去时，父亲的喊声从我身后传来。回头，只见父亲穿着笔挺的西服，夹着公文包，大步流星地走过来。我欣喜地走上去，心里却惊讶极了。

那次家长会，父亲一直都是挺直胸膛坐着，他的脸上，自信而谦和。父亲，也作为家长代表发了言，他流利的演讲赢得了大家的一阵掌声。

家长会刚刚结束，我正有千般疑问想问他，父亲却说，你在这儿等我，我去去就来。父亲快步走到一辆三轮车旁，迅速地脱下衣服给司机，然后又把几张纸拿出来。父亲穿着打补丁的衣服过来时，我问那个人是谁？父亲沉默了一会儿，才说，是我的一个同事，有一个女儿也在这个学校读书，也是今天的家长会，所以我们商量了一下，合租了一件西服，并请别人帮我们写了一份演讲稿。父亲平淡地讲着，而在我的心里，却已经潮水泛滥。为了维护我那年少的虚荣心，父亲不惜放下自己的骄傲的尊严，去弄虚作假。深深记得，父亲曾对我说过，他是一个做事有原则的人，从不会为了任何事，去弄虚作假。想不到……

面对父亲，我感到深深的愧疚，我只能每天早上对自己说，你要用心一点，再用心一点，这样才是爱你父亲应有的高度。

原以为，我的生活轨迹，就这样顺利地走下去，但不久后的一场灾难，打破了我的梦想。父亲在一次车祸中，失去了右手。公司也借此解聘了父亲。

失去了经济来源后，原本就家徒四壁的一家人，更是雪上加霜了。父亲沉思了良久，决定让我转学，郊区有一所学校，愿意减免我的全部学费和生活费。

来搬行李那天，我执意让父亲来我的宿舍，当同学们看到独臂的穿着补丁衣服的父亲时，有人小声问我："这是你请的搬运工吗？""不！"我不卑不亢地说，"这是我的父亲，我独一无二的父亲。"开始大家是惊讶，然后是热烈的掌声。

泪眼迷蒙中。我伸过手去，紧紧握住父亲的手。父亲的手，在我的手心里颤抖了一下，他说："你真是个傻丫头。"我说："你也是个傻父亲。"然后，他紧紧地握住我的手。

到现在我都记得那次握手的感觉，人世间，那种抵过百转流长的温暖，正从父亲的手里传递到我的手里，而现在，我又将把这种温暖传递给下一代。

是的，一代一代传下去。

17 岁的那场生意

那年，我读高二。花一样的年纪。

六月，我们换了班主任，我不喜欢他，他上课时，我看小说。我疯狂地迷上了小说，迷上了班上的一个男生。下课的瞬间，我都会迫不及待地拿起同桌的手机给他发短信，或者骚扰他一下，看着他惊慌失措地四处张望，我大笑连连。我说，我喜欢你，想做你的女友。可电话那头的反应出奇的平静。静得像深冬里的一抹云。

朋友都说我是“傻根”，为了一根草而放弃整片森林。可是我愿意做他的傻根。下课，我在那傻傻地等，只为可以看他一眼。他如风一样飘过来，目光从我脸上滑过，我的心像花一样绽放。

其实，当时我也算学校的风云人物，每天放学想请我吃饭的男生一大群，只是，我喜欢他，那个淡淡的，像风一样的男子。

那是一个漆黑的夜晚，我去找他，却亲眼见他和一个女生手牵着手，亲密无间。看到我打着手电，他惊讶极了。我却被触电一般，转头就跑。他在后面大喊：“妹子，至少我们还可以做朋友。”

他不爱我，这是不争的事实。但我并不需要他的同情。我心里忽然有个念头，我要离开这个学校，我要离开他。

很快，我就找到了另一个愿意接受我的学校，我正要去学校，家里却出事了，母亲风尘仆仆地把我找回去，说父亲住院了。

癌。

家里本来就不富裕，父亲这一病，就掏空了所有积蓄，还在外欠下了两万多的债。该借的都借了，离父亲的医药费还有一大段差距。我决定了，我要用自己的双手来拯救这个家，拯救自己。

同学家有电脑，我想好了，在网上卖鞋子。同学在淘宝上有账号，我用平时积累的零花钱和同学的友情赞助，进了第一批货，不多不少，10 双。

进货的地方离家很远，我舍不得 15 块的车费，就走，一直往西，往西。在那骄阳似火的天气里，我一个人走在漫长的公路上。

水很快喝完了，我四处寻找，除了路还是路。我漫无目的地走着，不知道什么时候才是尽头。

好不容易才找到一个水龙头，也顾不得羞涩，扬起脖子就喝，饱了，就走。

提了货，转头就走，老板给我三块钱，说："看你一头汗水，肯定是走过来的，这么热的天，真难为你了。"刚走了两三步。老板又递过一瓶水，说："带着吧，这年头，像你这么又节约又勤奋的女孩子，我很少看到了。"

等到家的时候，天都已经很黑了。不知道是谁把我卖鞋救父的故事贴到了网上，短短三天内，我的鞋子销售一空，我只好再去进货。同学还借了我一辆自行车。

那个月，我赚了两千元。当我把这笔钱交到父亲的手里时，我哭了，开始是小声哭，最后是号啕大哭，很难说我当时是怎样一种心情，朋友都说我那个月瘦了，但和父母所受的苦比起来，我受的苦几乎是可以忽略不计的。父亲的头发白了，也瘦了十多斤，母亲也好不到哪里去，血丝布满了她的眼睛，我交钱的时候，母亲也一直抱着我哭，我说："妈妈，我是个勇敢的孩子。"

我决定了，我要好好读书，再开学的时候，那个风一样的男子来找我，说他分手了，听说了我的故事，他希望能帮我。可是我已经不再迷恋小说了，也不再迷恋风一样的他了。那些云淡风轻，早已离我远去。

我卖了一个月的鞋后才明白的，命运，其实拆不走我的生活。

鲜花从来不自卑

那一年，她十七岁。

那时候，她家后面有一片树林，越过树林不足两里地就是她的学校。可是，每天上学经过这片树林时她都很害怕，所以每次她手里总是拿根棍子来壮胆。

不久，她的身边便多了个男孩，这个男孩是刚从其他学校转来的，老师安排他坐在她的旁边。头一天，他看到她手里拿着棍子，很好奇。当他知道了她胆小后，他便说，以后我每天晚上送你。她只是低着头，不说话。

以后他真的每天都送她过那片树林，她嘴上不说，心里却很感谢他。她的家里不太富裕，父亲去世后，母亲就成了家里唯一的支柱。母亲含辛茹苦地把她抚养长大，就是希望她能考个好大学。所以，读书自然成了她生活的全部，她对学习以外的事物，都没有兴趣。但是，她对他却有了好感。

学校要组织一个演讲比赛，她很想报名，可是班长讽刺她说："凭你那口乡下普通话也想脱颖而出？我看你还是读好你的死书吧。"她的心一下子凉了，哭着转头跑了出去。他追上她，想安慰她，她却陷入了深深的沉默。

有一天，他突然对她说，我们去看鲜花吧。看花？她抬头，一脸惊讶。那是个周末，在绵绵的春雨中，他执着地拽着她的手往山上跑，跑到山坡上，他们都惊呆了，漫山的鲜花，鲜艳夺目，他们仿佛跌进了一个童话般的世界。他说："你看，鲜花多漂亮啊！它们从来不自卑！"她甩开他的手，心怦怦地跳着，一张脸羞得通红，十八岁的年纪，他们已经能从彼此的眼神里，读懂什么叫喜欢，也从中找到了自信。

第二天早上，他的抽屉里便多了一枝野花，是她送的，她说："谢谢你的鼓励，我没有什么好送你的，一枝花，是我全部的心意。"之后的每一天清晨，她都会跑到山上去朗读，顺便折下一枝野花，塞到他的抽屉里。

他把那些花儿放在书本里，干了就做成标本，贴在他卧室的墙壁上，每枝花的标签里都详细记载着关于这枝花的故事。那个夏天，她在演讲比赛中拿了全市一等奖，她顺理成章地拿到了学校的保送名额。

很快，高三来临，她的学习更紧张了，但她总是变戏法似的在他的抽屉里塞上一枝鲜花，每次望着那一抹抹殷红，他总会傻傻地笑，他记得她说过的话，每一枝鲜花，都代表了她的心意。

他们彼此交往着，甚至在一起构思着两人的美好前程。可是，那年 5 月，那个伤感的 5 月，他病了，病了整整一周，也没有再护送她回家。正是紧张的高考时期，她只好住到学校。

那天，她突然来找他，说要给他补课，他吓了一大跳，你疯了？都什么时候了，你还不抓紧时间复习？她咬着嘴唇说，我不管，只要你能考上，我做什么都愿意。他自然拗不过她，她每天下课就来，很晚才回学校，风雨无阻。

因为太累，加上淋了几次雨，她患了重感冒，但她依然没有放弃去他家补课，他实在看不下去了，就把她关在门外，狠狠地说："你这样，会毁了你自己的。"

最后一次摸底考试，她出乎意料地滑退了二十多名。结果可想而知，原本属于她的保送名额，花落别家。她为此大哭了一场，他听说后，把一切责任都揽在了自己身上。

从此相逢，都是远远地看着，好几次她都想找他说话，刚迈步，他就跑得远远的，只惊起一地的灰尘。

高考结束后不久，她去找他，才得知，他去找抢了她保送名额的那个男生打架。被关进了看守所里，她几次想联系他，都没联系到。

不久，她考取了北京一所院校，三年之后，她留在了北京的一家外企里，从业务员一直做到高层主管，却一直没有他的消息。

后来，她组织了一次同学聚会，寻找他的下落，结果，有人告诉她，他去了一个很远的地方。

再后来，她抽空回了一趟老家，从他的父亲那里知道了他的具体地址，之后毫不犹豫地上了飞机。

小城很小，小得连辆公交车都没有，到处都是凹凸不平的地面，他就在一个偏僻的工厂里，住顶楼。

她进去的时候，他正在听音乐，墙上到处都是野外的标本，桌子上摆放着一大盘刚采的野花。她的眼睛不由得湿润了，他连忙给她倒茶，很粗很粗的茶叶，她却一口饮尽。

沉默了半天，她忽然问："为什么要到这么偏僻的地方来？"他说："因为这里有花，大片大片的野花。"她的眼泪一下子就涌了出来。

那年，他因为打伤了人，没能参加高考，打工，但很多人都瞧不起他，他感到很自卑，就离开了家乡，坐火车去深圳时，看到这个四季如春的小城有大片大片的野花，他毫不犹豫地下了车，在当地的一家工厂里当门卫，这一待就是四年。

她忽然提出要去看花，刚走到山坡上，满山的映山红扑入眼帘，她小心地摘了一朵给他，她说："你看，鲜花多漂亮啊！它们却从来不自卑！跟我回去吧，重新开始。"说这句话时，他突然哭了，紧紧抱着她。

虽然，他什么也没说。

失踪的母爱

宋怀玉做梦都没有想到她辛辛苦苦扶养了十三年的孩子竟不是哥哥亲生的。从亲子鉴定所出来，她仍像做梦一般，不敢相信眼前这一切是真的。十三年前，哥哥与一个叫柳红的打工妹闪电结了婚，然而当孩子刚出生三个月，柳红就神秘失踪了，哥哥也反对任何人去找柳红。宋怀玉一直搞不清这里面的缘故，而哥哥也在一年后因酒精中毒住进了医院，后被诊断为严重性失忆症，一直在医院待着都整整十年了。宋怀玉每次去看望哥哥，听他口中重复的只是“那个女人的阴谋”这几个字。

现在她终于明白了。这个狠毒的女人原来是利用和哥哥结婚来生下儿子，等儿子出生后又狠心抛下他们俩去过快乐的逍遥日子了，宋怀玉回到家里时，村委会刘大妈还在，宋怀玉简要地说了事情的经过，叹道：“小正报户口的事，恐怕又泡汤了。”刘大妈说：“现在唯一的希望，就是找到他亲娘。”宋怀玉叹了口气说：“那个女人，结婚不到半年就把儿子抛弃了，茫茫人海，到哪里去找？”寒暄了一阵，刘大妈便走了。宋怀玉走进卧室，见小正在沙发上发着呆，她觉得十分惊讶，便问：“小正，你这几天怎么了？做事怎么老出错。”小正说：“姑妈，请不要丢下我。”宋怀玉说：“小正你在说什么话，我怎么会丢下你呢？”小正的头摇得像拨浪鼓：“姑妈，你不要骗我了，我妈没有死，她生下我就不要我了。刚才你和刘姥姥的对话我都听到了。”宋怀玉觉得心头一热，忙抱起小正说：“小正，你是姑妈的心头肉，这些年我对你像对自己亲生儿子一般，姑妈的心意你应该知道吧。”宋怀玉想起了这些年的辛酸日子，觉得鼻子一酸，险些落下泪来。

宋怀玉已是快三十的人了，但拖着一个孩子一个残疾人，谈了几个对象也没人敢要，这辈子准得单身了。宋怀玉深深吸了口气，吃完饭便开始继续寻找柳红的旅程。其实，从她失踪那天开始，宋怀玉就一直在寻找她的下落，然而这十三年来，柳红像是从人间蒸发了一般，无处可寻。

一个礼拜天晚上，宋怀玉去超市给小正买果冻，刚到门口，看到了一个极像柳红的女人。宋怀玉赶快跑上去，一把抓住她，扬手就是一耳光。她骂道：“好你个柳红，你害疯了我哥哥，又让我给你白白养了十三年的儿子。”

女人说：“你给我放手，你认错人了。”宋怀玉咬牙切齿地道：“你就是化成灰，我也认识你。”女人说：“你快放手，不然我叫警察了。”宋怀玉说：“今天你无论如何得跟我走一趟，我要让你看看亲手造的孽。”女人冷不防一推宋怀玉，宋怀玉倒在了地上，女人抽身便跑了。宋怀玉正要去追，却有一个温文尔雅的中年男子走上前来说：“小姐，我对你们的故事感兴趣，不知你有没有空，我愿洗耳恭听。”

这个女人真不是人，人常说虎毒不食子，她连亲生儿子都不认。中年男子望了望宋怀玉，接着说：“你是个姑娘，相信你会有好运的。如果有缘的话，我们还会再见面。”

晚上的事，宋怀玉越想越气，回家后她就把小正往外面推，让他去找妈妈。小正拽着宋怀玉的裤子，死活不肯走。正闹着的时候，刘大妈进来了，说：“小玉，你这又是何苦呢。”宋怀玉说：“他和我非亲非故，我凭什么要养。”刘大妈说：“要是孩子走了，你真舍得吗？”一听这话宋怀玉的心软了下来，啐了一声道：“都是那个女人气我的，逼疯了哥，又丢了小正，有时候我就想这个世界有没有天理。”刘大妈说：“这样的女人一定会有报应的，若是再不认他，我们就去法院告她。”愤恨之情溢于言表。

则吃完饭，电话响了。宋怀玉放下电话对小正说她去去就来。宋怀玉拦了辆的士，去了城区小区的大桥。女人已在那里等了她多时，女人劈口就问：“你到底想要干什么，如果你要钱的话，开口便是了，我全给你，只求你不要再来打扰我。”宋怀玉说：“小正要的不是钱，是母爱。”女人说：“你也是女人，应该理解我。”宋怀玉说：“如果你还有点良心，就去看看孩子，帮他把户口办了，让他能顺顺利利地进入中学读书。”正说着，一个中年男子也走了上来，女人的脸霎时变白了，连连说：“你来干什么？你来干什么？”中年男子先是向宋怀玉打了个招呼，随后朝女人说：“柳兰，你们说的话我全都听见了，你改名换姓十三年，你也骗了我十三年。”女人痛心地说：“刘哥，请听我说，我是有苦衷的。”中年男子说：“苦衷？连孩子都不要了，你还有什么做不出来的，跟你这种女人，多待一秒我都会害怕。”中年男子不再理会女人，掉头便走了。女人心情复杂地望着宋怀玉，眼里渐渐涌上泪水，喃喃道：“这下你满意了吧？我什么都完了。”宋怀玉说：“至少你还有小正。”刚说完，手机响了，刘大妈在电话里问小正去哪里了，到处都找不到，宋怀玉一听，慌了，马上对女人说：“小正不见了，如果你还有点良心，就和我一起去找小正，以后的事情你想怎么着，就怎么着吧。”

两人走了整整一个晚上，才在精神病院的门口看见了一脸疲倦的小正。宋怀玉说：“你怎么一个人跑出来了，你知道不，姑妈担心死你了。”小正说：“我只是想来看看爸爸。”宋怀玉抱着小正，脸色稍缓地说：“小正以后不可以一个人再溜出来了。”小正点点头，指着女人说：“她是谁？”宋怀玉缓缓说：“她是你妈。”宋怀玉放下孩子，女人也走了上来，小正一下子扑到女人怀里，哭着喊了声妈，又说：“妈，是不是您不管我了。”女人再也抑制不住自己的感情，紧紧地抱着小正，流泪说：“妈怎么会不管小正呢，妈不是回来了吗，妈以后都不走了啊，好不好。”

良久，女人止住泪，说：“我到今天才明白我错了，错了整整十三年。我知道你看不起我，可是我真的想有个赎罪的机会，如果你愿意的话，我便赖着不再走了。”女人说着伸出了手。

宋怀玉也说：“还说什么呢，该恨的也都恨过了，该受的也都受过了。”宋怀玉伸出了手。

两双手便紧紧地握在了一起。

他紧紧握着我的手，他最后说:“孩子，我还可以像以前那样爱你吗，我能抱抱你吗？”他努力移动着身子，我拼命靠近。

我哭着大声说:“爸，既然你爱得那么坚定，那就用力爱下去。”这么多年，我是第一次喊他爸。

第五辑 每一朵鲜花都能向阳舞蹈

每一朵鲜花都能向阳舞蹈

那一年，高考，他以一分之差与自己理想的大学失之交臂。在无数劝他复读的声音中，他选择了弃学打工，他希望能靠自己的努力，打出一片属于自己的天地。

因为父亲不肯，他只好离家出走。一个人，来到了一座陌生的城市，却到处碰壁，睡过涵洞，发过传单，甚至差一点为了一顿饭而去行乞。父亲也发来信息，希望他能回家，家的大门永远向他敞开。

只是不甘心，他想既然出来了，就得风风光光地回去，才够体面。后来，他进了一家防盗门公司，做业务推销员。因为人生地不熟，一个月过去了，没有做出任何成绩，他受到了公司上层的多次批评。

他花了两天的时间，把这所城市所有房地产公司的地址都画在了一张草图上，他决定一家家地去找，总会有人接他的业务。但是，他没想到，等待他的都是闭门羹。

站在陌生的大街上，他感觉到了无助和绝望，他甚至还记得出门时，老总指着他鼻子说："要是你还打不开市场，就拎包走人吧。"

吃了一块冰冷的面包后，抬头看表，已经是下午四点，他站在了十字路口，他犹豫了，他不知道往哪条路走，往前走还有一家房地产公司，往右走是他自己的公司。沉思良久，他还是决定再往前走一步，再走一步，也许机会就在眼前等着他呢。在那家房产公司的门口，他遇到了一个正在扫地的阿姨，一张流汗的脸，旁边还有一大堆垃圾。

他本来很赶时间，但他还是停了下来，他帮她扫地，他给她倒垃圾。

她说："你是来推销门窗的吧。"他说："你怎么知道？"她笑了："来这个公司的人，都是来推销的。"她指着偏僻处的一间小办公室说："你去找我们经理吧。"

经理正在伏案画着图纸，他说明来意，几乎没费唇舌，就签下了1000套防盗门的订单。末了，经理指着门外说："知道我为什么和你签单吗？"看着他愕然的样子，经理语重心长地说："这段时间我们这里正在装修，所以走廊里很乱也很脏，但除了你之外，没有一个人肯低下高贵的头颅，我希望我的合作伙伴，不仅要有实力，更重要的是要有爱和责任心。"

几年后，他坐到了公司副总经理的位置，每一年，在对新进员工进行培训时，他都要把自己当年的故事拿出来，他总说，低一下头，多一点爱心，每一朵鲜花都能向阳舞蹈。

那么坚定地爱，那就用力爱

那时，我还小，他很穷。身材佝偻的他从来都是别人的笑料。只是，他从没自卑过，每天展现在他脸上的，是一张谦卑而自信的笑脸。母亲说，他是一个天不怕，地不怕的人。母亲来到这座城市时，遭遇抢劫，是他收留了她，于是，母亲便顺理成章地成了他的妻子。

只是没有多久，在我刚学会说话的时候，母亲就跟人走了，他认为靠他的能力能养活我，能给我幸福的生活，于是他坚持留住了我。

5岁，我没有喊他爸爸，我只会坐在他矮矮的、骆驼一般的身体上，驱赶着他朝前爬，我小小的脸上尽是笑容。

9岁，我依然没有喊他，说实话，我从心里鄙视他，学校每次要召开家长会，我都说我父亲在浙江打工，一直未曾回来。即使他坚持来接我，我和他也保持一条街的距离，有时，我在想，也许，那是我们一辈子无法跨越的距离。

12岁，我长得和他一般高了，我不再相信他能给我美好的生活，我甚至耻于正眼看他一眼。在我眼里，这个卑微、丑陋、矮小，并且最终沦落到拾垃圾来养活这个家的男人，没有资格做我的父亲。

我考上大学那年，是父亲最风光的时候，他逢人就说，他的儿子学习如何了得，对他又是如何孝顺。他试图把腰杆挺得直直的，尽管生活的压力早把他的身体磨成了一座拱桥。他却不知道，当电视台来采访我，被我拒绝了，当报社来找我，也被我拒绝了，那一切，只因为憎恨家里那个卑微而丑陋的男人。

大学四年里，我只回过一次家，我总有太多的借口可以使用，而他总是那么容易满足，甚至连在电话里明显表现的不满，他也毫不在乎。

突然接到他的电话，是在我住院后，本不想告诉他，但昂贵的医药费让我没了方向。他却在电话里责怪我说："这么重的病情，怎么能不治呢，你也真够傻的，为什么不早点告诉我，让我好去照顾你啊。"他提出要来北京，被我拒绝了几次，最后他急了："孩子，你可以讨厌我，但你不能阻止我爱你，明白吗？"是的，我无力阻止他，唯有默然。

他就住在医院的附近，他说这样，一来方便照顾我，二来，也可以找份工作。但他很少在人多的时候来医院，也许是他意识到自己的卑微，也许是他忙得没时间过来。

他来北京后的第二周，我好多了，心里忽然想去看看他，来到他所住的地方，狭小的空间里，除了一张床外，已几乎摆不下任何东西。不知道是北京的冬天太冷，还是床太冰冷，被子太单薄，我躺在床上，冻得连打冷战。

知道他的消息，是在晚上七点半的新闻节目中，电视里说一家酒店起大火了，旁边的一些打工者自告奋勇来救火，有一个人被烧成了重伤，记者拍摄到了伤员出来的画面，他的全身包满了纱布，只有眼睛露在外面，我认识那双眼睛，那双深邃而又充满自信的眼睛。

我连夜赶去医院，因为抢救，我没能进去看他，被他抢救出来的一位女性紧紧抓着我的双手说："你有一个伟大的父亲，我为你自豪……"

再次见到他，是在两天后，他已经转危为安。很多人都带着鲜花来看他，不知道为什么，那阵子，我唯一能补偿他的，就只有无休止的眼泪，是为了那年少无知的轻狂，也是为了我自惭形秽的虚伪。

他说："看着别人都有电脑，我也想给你买一台。所以我只好拼命干活。"

他又说："本来我领了工资，就想过来喊你一起去电脑城。在路上，我看见一家酒店起火了，我无法控制自己，结果……对不起！"

他接着说："我知道这些年，你一直都不喜欢我，讨厌我，我一直都在努力，我希望能让你改变对我的看法，我希望能做一个合格称职的父亲，我能如愿吗？"我点头说："你一直是个伟大、称职的父亲，是我错了，这么多年来，我一直都没读懂你，对不起！"

他笑了，热泪从眼角边滑了下来。

他紧紧握着我的手，他最后说："孩子，我还可以像以前那么爱你吗，我能抱抱你吗？"他努力移动着身子，我拼命靠近。

我哭着大声说："爸，既然你爱得那么坚定，那就用力爱下去。"这么多年，我是第一次喊他爸。

我的父亲，带着微笑，在我柔弱的肩膀里，甜蜜睡去……

有多少爱在时光中隐藏

从小，我就对母亲不满。我一直以为，是母亲的自私和吝啬，才让父亲病死家中的。

我是个内向的孩子，再大的恨，我也会暗自藏在心中。十三岁，母亲带着我来到这座城市打工。母亲每天都奔波于大街小巷，过着卑微日子的她，却咬牙把我送到了这个市里最好的私立学校。

我的成绩也算是班上的中上等，只是，每次家长会，同学们从没看到我的亲人来过，同学们忍不住好奇地问我，沉默了一会儿，我咬牙说："我妈病了，病得还不轻。"

我没想到，我的这个谎言竟成真了。我上高三那年，母亲在当搬运工时，不小心被车撞了，粉碎性骨折，医生说，很有可能她要在轮椅上度过一辈子了。母亲低着头，无语流泪，我却幸灾乐祸地笑了。我一直认为，这是她罪有应得。

瘸了腿的母亲无法去当搬运工了，不久后，她在家门口摆起了地摊，那个夏天，我突然发现，有个男人经常来我家。说是帮忙，但那看母亲的深情款款的表情，让我愤怒了，本来就对母亲有恨，何况现在又多了个想插足的人。

所以，我对两个人的交往极其反感。好几次，听到楼梯口传来脚步声，我总是第一次时间跑过去，看到是他，我就会砰的一声，把门关得紧紧的。

已是高考前最重要的时刻，我搬到了学校住，但我还是不放心。每周回家一次，有时男人就在家里，看到我回来，男人就像犯了错似的，屋里屋外地忙着。然后，默然离去。

那个下雨的晚上，我突然看见男人扶着母亲在大街上亲热地走着。我的火一下子来了，跑到街道上，伸手对男人就是一个耳光。男人捂着热辣辣的脸走了，而伤心欲绝的母亲，拄着拐杖黯然离去。

读大学后，我再也没回那个令我讨厌的家。给母亲打电话，也只是空洞洞的几句问候。有时，母亲在电话里欲语又止，我总会赶紧岔开话题。我想，也好，你们过你们的，我过我的，从此是两条平行线。

我继续我的生活，毕业，工作，恋爱。我的人生就这么一步步匆忙地走着，忙得都仿佛忘记了家里还有一个年老的母亲在思念着我。直到结婚前，我参加高中同学聚会，突然遇到了邻居翔叔，没等我开口，一个耳光就打来了，“你这个逆子，你的妈妈天天在村口等你，眼睛都快等瞎了。”

我的头嗡的一声，差点摔倒。从翔叔的嘴里，我得知，原来，在那次事件后，母亲就离开了那个男人，独自一个人回到了老家。之后的每一个早晨，母亲都会早早起床，拄着拐杖来到村主任家，为的只是等我一个月才打一次的电话。而我已经有两年没打电话回家了，母亲依旧在等待，风雨无阻……

后来，我又偶尔知道，男人曾答应过母亲要供我读书，为了承诺，男人每天都会下海捕鱼，大四那年的一个大雨夜，男人出海后就再也没回来……

那个晚上，我突然做了一个梦，梦见在海边，年轻的老母亲和年轻的男人牵着手，一路幸福地朝前走去。而我，就跟在后面，温暖而甜蜜。

我从梦中醒来，有关母亲和男人的记忆却如溃堤的洪水汹涌而至，那一刻，我泣不成声……

陪伴三十年的至爱

男人做梦也没想到，这个国庆节，他需要在医院度过。

儿子病了，到医院诊断，肠癌。医生说只能活三年，男人吓了一跳，和媳妇商量，就没告诉儿子实情。男人怕儿子瘦弱的身体受不了。这些年，儿子已经受尽了苦。十三岁那年，儿子从二楼的楼梯上滚下去，粉碎性骨折，吃了十多年的药，好不容易站起来，想不到，不幸再次降临。

男人瞒着儿子，筹集医药费，他哄儿子只要做个小小的手术，就能好。儿子这才住进了医院。儿子愧疚地告诉男人，这个国庆节，他大老远赶回来看父亲，却没想到，反而让父亲来照顾他。

好不容易凑齐了医药费，男人说儿子肠子里有块金属，要取出来。儿子深信不疑地躺在病床上。从手术中清醒过来后，因为没法进食，儿子一直靠打点滴维持生命。

男人就一直守在儿子的病床前，默默地看着儿子，眼光里尽是疼爱。陪护的这段日子里，男人每天只能啃馒头，可即使是这样，仍然花光了男人所有的积蓄，儿媳只好去打工。

十三天，整整十三天，医生说儿子可以吃东西了，男人连忙问儿子：“你最想吃什么？”儿子说：“我想喝您做的汤了，不知道以后还有没有这样的机会。”男人听得心头一痛，连忙安慰儿子。走出去的时候，男人在心头暗暗发誓，一定要给儿子做世上最滋补的汤。

一摸口袋，两块钱。男人呆呆地站在街道上，形同雕塑。思索了半天，男人扭头就走。男人一家店一家店地问："需要临时工吗？我急需钱用。"可回答都是否定的。走了十条街，男人终于在一拳馆前看到了一份差事：陪练。找到主事的人，可一看他这么大年纪，主事连连摇头。男人说他练过拳，不过那是二十多年前的事了，他几乎用哀求的语气，才求得了半个小时的陪练时间。

连男人自己都没想到，他能在对方暴雨般的拳影里支撑半个小时，等拿到100元钱，走出拳馆的时候，他才感到双腿如铅、头昏眼花，一口鲜血从喉咙里冲上来，被硬生生吞回去。

男人用这些钱给儿子买了鳝鱼和甲鱼，两个小时后，他把熬好的汤端到病床前，一口一口地喂着儿子。儿子似乎有所发觉，看着男人铁青的脸问怎么回事。男人漫不经心地说，只是走路时摔了一跤，儿子深信不疑，一次又一次地赞叹："好喝，好喝。"男人拉着儿子的手说："那么，你每年国庆节都要回来，不管什么事情，都要回来喝我熬的汤。"儿子郑重地点点头。

那一夜，男人甜甜地睡了一个好觉，等他醒来时，发现儿子就在自己的怀里，发着轻微的鼾声，而窗外是明亮的阳光。

第二年国庆，第三年国庆……儿子每一年都回来，只为喝父亲亲手熬的汤，他一直认为那是世界上最美味的汤。直到三十年后老父亲病逝，儿子才知道实情。

儿子什么都没说，只是在父亲墓前重重地磕着响头，三十年了，整整三十年。

掌握好手中的幸福

经常听友人说，幸福只有在失去以后，才觉得特别珍贵，才会后悔当初为何没有好好珍惜。这样的人，在很长的一段时间里徘徊在自责的废墟里，久久不能脱身。

很多人对唾手可得的感情，比如爱情和亲情，总认为这些感情太过平凡，缺乏激情。久而久之，便觉得麻木，想抽身而退，改去追求一种陨石的美丽，认为只有那些如星星、月亮般的光辉才能亘古流芳。

其实，与其选择一种虚无缥缈的追求，还不如精选自己脚边的一块石头，只要用心经营，一块凡石也能雕刻成天下最美丽的风景。

有学者曾经做过两个问卷调查，第一个实验选取一百名学生，问及他们对父爱的满意程度，结果85%的人表示未曾感受到幸福；第二个实验给一百名学生两个选项，A选项：一个很平凡的女孩子对你百般呵护。B选项：一个很美丽的女孩子但身后有长长的一个排的追求者。结果，78%的人表示舍去A组，即使追求的结果是粉身碎骨，但也会对此津津乐道，学者称这种现象为“感情厌恶”。

其实，拥有便是一种幸福。美丽就在我们身边，幸福就在我们的手心里跳跃。

幸福离我们只有零点一毫米，弹指可及。

每一颗星星都有一片璀璨的夜空

她一直都觉得自己命不好。三岁，她失去了父亲，四岁，她差一点因为出血热而离开人世，五岁，一场百年不遇的洪水冲倒了她家的小屋，靠着飘浮的圆木，才躲过一劫。八岁，母亲带着她嫁了一个司机，直到这时，她才觉得自己的运气慢慢好转起来。

于是，她尝试着与继父处理好关系。她努力做一个好孩子，知书达理，当她一次次把母亲给她吃的东西递到继父跟前，继父却都不看一眼，只说放在旁边吧。却从头到尾，碰都不碰一下。

读寄宿学校后，每次问继父要钱，他的脸都绷得紧紧的，尽管她努力强装欢笑，但背后，却是抽筋般的疼。六年级，作文题，写和父亲的幸福生活，她交了白卷，老师问她，她说："我的父亲已经死去了，我是个没父亲疼的孩子，所以我一点不幸福，没东西可写。"却不想，这件事被继父知道了，那一次，他是真的生气了，拿起鞭子，就要打下去。她哭着说："你打吧，最好是打死我，我好去找我的亲生父亲诉苦。我会告诉他，你根本没资格做我的继父。"

鞭子落在地上，他黯然离去。那一次，是真的刺痛了他，三个月都没看到他。等再来时，他整个人都瘦了一圈。这以后，虽然他对她好了很多，只是这年少结成的心结，早已根深蒂固。

初三时，继父希望她读市一中，她却偏偏选择了一所最差的中学，高三时，他希望她能报考本地的大学，彼此都能有个照应。她却偏偏跑到了杭州。他气得跺着脚叹气。

大学毕业后，她选择到贵州支教一年，她本以为继父又会反对，但他听了，只是淡淡地说："一个人在外，万事要小心。"

她所在的那个小学，在深山里，没电视，没网络，甚至连手机信号都没有。来了三个月，她只给家里打过一次电话，电话里，母女俩哭得稀里哗啦的。母亲说："在外一定要当心啊，你叔叔可担心你呢。"母亲又说："家里的葡萄熟了，你叔叔说要给你留着，舍不得卖。"母亲的嘴里开口闭口就是叔叔，她也深知母亲的心意，那么多年了，该恨的也早已淡了。

不久后，她突然发现，自己的门外，多了一些野味。开始以为是家长送的，到班上一问，同学们都不知道。后来，几乎每天早上，打开门，都是一碗热气腾腾的辣椒面，那可是她最喜欢的，她惊讶无比。难道是母亲来了，可在这荒僻之地，母亲即使知道，也难以找到啊。

那日，她想下山一趟，从学校到坐车的地方，足足要走一个小时。因为最近经常有人抢东西，她特意选择大清早出发，却还是遇到了劫匪，是两个小青年，一把匕首很晃眼。她倒是非常冷静，她想和他们讲道理，没想到两个小青年根本不理她，欲扑上来。慌乱中，一个人影闪了出来，片刻间，两个小青年被打得人仰马翻。她呆了，那个人不是别人，正是她恨了十多年的继父。

她说："你怎么来了。"他讷讷地笑："想你了，就过来看你了。"

惊慌失措地回到学校，却发现，学校里所有的门窗都已修补一新，校长站在门口，拍着她的肩膀，说："丫头，你真有一个世界上最伟大的父亲，这么远，居然辞职来陪你，还义务给我们维修。"

她张大嘴说："你怎么认识我爸爸？"

校长就笑着说："你来了不久，他就写信过来了，基本上是一周来一封，信里全是在问你的情况，还多次拜托我一定要好好照顾你，说你在家很少吃过苦，任性又不懂事。”

她的眼里一阵潮湿，顾不上说拜拜，人飞奔似的朝外跑，在村口，看见继父正扶着母亲走上来。

事情的真相，是母亲后来告诉她的。“其实你一直都误会你叔叔了，小时候，你给他吃的东西，他都舍不得吃，硬要给我吃，我一直都想告诉你事实，是他不肯。”

“知道这里有人经常抢劫后，他一直都放心不下，又牵挂着你，于是一合计，干脆到这边来住一年，就当是旅游。”

一个真相，让她心里所有的冰，都在顷刻间融化了，暖暖的，这些年，继父并不是不爱她，只是这种爱，多了几分理性和沉默。

她忽然想起小时候和继父去看电影的情景，两个人就走在满天星斗的夜空下，她说，妈妈说，每一个孩子都是星星变的，我想我肯定是那最大最亮的北斗星，那么你呢，你要做什么呢？他说，那我就做那片璀璨的夜空吧，因为有我，才有你的美丽与精彩。

原来，整整十八年了，他一直都在做那块璀璨的夜空，千里万里，也遮盖不了一个父亲如海般的爱。

因为爱，回家的路不再漫长

他是有名的调皮子，打架、逃课、赌博，无所不为。

那个夏日的黄昏，和往常一样，他和班上两个同学放学后，没有回家，而是去了附近的网吧，但都没有位子。

“我知道还有个网吧，只是有点偏僻，在春和路。”一个同学建议。

“那好哇。”剩下的两个同学齐声赞成。

三个人径直向右拐，走了三条街道，他犹豫了一会儿，还是进去了。

他们进了网吧，才发现一分钱都没有，三个人就尴尬地站在那，他们的前后左右立刻围上了几个彪形大汉。

他冲伙伴耸耸肩，然后猛地一推，趁着对方后退的间隙，他们拔腿向外跑，后面的人紧跟着追上来，在春和路的尽头，他们被截住，三个人吓得蹲在地上，不敢言语。

正在这时，他发现，在他的前面，一个瘦高的身影移了过来。雨点般的拳头抡下来时，他们没感觉到疼，因为在他们前面，隔着一堵瘦高的墙。刹那，他愣住了，泪水涌了出来。

他们从墙里爬出来，拼命地跑，半晌后他们才停下来，长长舒着气。一个同学拿出烟，每人分了一支点燃。“大哥，接下来我们去啊？”

他看了看两个同学，然后举起左手，拍拍他们的肩膀，郑重其事地说：“抽完，我们就回家。”

旁边的同学不解地问：“为什么啊，好不容易才出来耍一次。”

“因为。”他望了望来的方向，一字一句地说：“我们，不能再让父母为我们操心了。”说完，他朝春和路走去。

那堵墙已经不见了，他还愣愣地站在那，两个伙伴推了推他：“你到底怎么啦？”

他转过身来，看了看两个伙伴，突然掏出身上那包烟，扔在地上，踩得粉碎。

“走吧，回家去！”他语气坚定。

两个人相互看着，面面相觑。

“你们知道刚才那个替我们挡拳的人是谁吗？”

“谁？”

他看着两个伙伴，扬起手，突然狠狠扇了自己几个耳光：“刚才那个人，是我的父亲。”他声音哽咽了，“现在，他就在家里等我，他还在担心着我。我已经让他担心十几年了，我不能……”他踏步向家里走。

读书的这几年来，他很少回家，他一直觉得没有母亲的家离他很遥远，直到如今，他才醒悟：因为爱，回家的路不再漫长。

拐个弯，看到爱

从小，他就失去了父亲，是母亲含辛茹苦地把他抚养长大，对他来说，母亲就是他一辈子的依靠。大学毕业那年，他响应学校号召，去了贵州一个贫困小山村支教，这一走就是三年。操劳过度的母亲，不幸患上了高血压、颈椎炎、胆结石、甲亢等多种疾病。

每次住院，他都胆战心惊。因为路途遥远，他没办法赶回家，就只好在电话这头苦苦守望。有时，母亲一住就是两三周，他紧张得饭吃不好，觉也睡不好。晚上，他常常做梦，梦见他和母亲一起在鲜花满地的公园里散步，母亲不停地喊他的乳名，“牛娃子，牛娃子”，喊一声，他就幸福地应一声。醒来，泪湿了半边枕头。

三年后，他通过公务员考试，成了省里的一名政府官员。他的工作也就更忙了，一年到头，难得回家。母亲也不说，只是握着他的手，嘱咐他要好好做，多为人民办实事。

忽然有一天，他听家乡的表哥说，母亲到后山采药，不小心掉下去了，他的心一急，当时就昏厥过去。医生说，他这是劳累过度，再加上急血攻心所致，要多注意休息，调整心态。半睡半醒中，他忽然看见母亲来看他，不知怎么的，母亲突然生气了，扭头就走。他一下子就醒过来，拔掉输液管就拼命往外跑。

从医院到火车站，整整十里路，他是一路跑过来的。奔到候车室，苦苦找寻，却不见母亲的人影。他颓唐地坐在地上，赶来的下属告诉他实情，他这才明白自己不过是在做梦。

一周后，表哥告诉他，母亲摔断了腿，现在还躺在医院里。他再也没犹豫了，找到领导，恳求能调回老家。领导劝他，你有着大好前程，留在这对你发展有利，要是回到大山，忙活一辈子也出不了头啊。

他说，人有时候，拐个弯，才能让别人看到你的爱。

他走得很急，因为他知道家中的老娘需要他，贫穷的大山也需要他。泪眼模糊中，他隐约看到了大山深处那一片温暖的家园。于是，他挺直腰杆，义无反顾。

偷点时间给父母

好几次，我都听见朋友的父母给他打电话的时候，他总在说忙，没时间回去。而真相是，朋友宁愿把时间花在睡觉看报纸上，也不愿意回那个贫穷的小山沟。

他和我是从小玩到大的朋友，我们一起逃学，一起在生意场上闯荡，最后都住进了同一个小区。他就住在我的对面，一抬头，我总能看见他在阳台上睡觉的模样。

那次，朋友的小孩六岁生日，我们去祝贺，他父母也来了。老父老母都在厨房里忙碌着，而他却悠闲地搓着麻将。好几次，老母亲用粗糙的手，给他倒茶，想和他说几句话，他却厌恶地转过头去。

又有一次，我们决定回老家去，去找他，他在阳台上正晒着太阳，他说："我正忙着呢。"而事实是，因金融危机的影响，他的生意一落千丈，几乎已无事可忙。

我能理解，一个在山沟里受够了苦的人，在发达以后，往往会嫌弃那个山沟，甚至不想再踏进大山半步。只是何以连生他养他的父母，他也嫌弃，难道，仅仅是因为他们的穷酸？

忍不住问他，他却信誓旦旦："我从没亏待过他们，每月的生活费，我都按时打过去！"真想好好批评他，而父母的电话却偏偏在这个时候打来。

母亲说："玉米给你们准备好了，鸡也杀好了，只等你们回来了。"我说："公司里还有点事，等忙完了，就回来。"挂掉电话，我又对他说："我得走了，我不能让父母等得着急。"

朋友纳闷地问："不是说还有事吗？怎么现在就走？"我微笑着说："是啊，父母已经够辛苦了，我只是想偷点时间让他们多乐乐。哪个父母不希望被自己的儿女们天天放在心里，挂在嘴里？你再想一想，如果我说是请假或者说因为挂念着他们，提前忙完了，他们会怎么想？"

朋友若有所悟地说："他们一定会很高兴，因为儿女们是如此重视这份亲情。"我点点头："是啊，同样是回家，为什么不选择一个更让父母开心的方式呢？其实，父母们的心愿不多，一个微笑，一句安慰，就足以让他们心满意足。"

我又拍拍朋友的肩膀："父母给予我们的，我们永远都无法偿还，但我们可以多做点小事让他们感受到我们的牵挂。比如，多打几个电话，多回去看看，至少我们是能做到的，你说是不？"

朋友低下头不说话。

朋友的公司陷入困境，是在我回来后，因为投资不当，朋友亏了，欠银行的一大笔钱，也必须限期归还。他到处借钱，缺口还差十万。

那段时间，朋友真是急疯了。他甚至想到，把自己的房子卖了。于是，我忍不住把消息告诉了朋友的父亲。

没想到，第二天，朋友的父亲就提了八万块过来。他说："这十年来，儿子给的钱我一分都没动，都给儿子存着。"他还把家里所有值钱的东西都卖了。

那一次，朋友抱着他的父亲，哭得稀里哗啦。

再一次回家，朋友突然给他父亲打了个电话，说忙完家里的事就回来，然后带着妻女，乐呵呵地坐上了我的车。

于是，在这之后，我的脑海中便经常浮起这么一幕：在那个美丽的早晨，在大山里，我们牵着父母的手幸福地朝前走，在后面，是两个红领巾飘飘的孩子，我们的笑声一浪高过一浪……

爱隐没在光阴之外

她一直以为她是多余的。在家里，她从来都没受到过重视，吃饭时，她只能端着碗，远远地躲在一边，肉都是放在弟弟的碗里，她所能做的，就是最后去收拾剩菜残羹。

她想她是被拣来的，要不然，待遇为何会天差地别。她又想，或许老天让她生来是个女子，在这个流行传宗接代的山村里，女孩注定是被忽略的角色。忍不住去问，冷着脸的母亲敲她的脑袋说："去看你的书吧。"但她也只能坐在床边，家里唯一的一张书桌，永远是属于男孩的。

唯一能安慰她的，是从垃圾堆里捡来的一个精美文具盒，里面有一张大学课程表和两支中性笔。笔是舍不得用的，她挂在胸前的袋子里，小小的心里便酝酿着一个大学梦，她希望自己长大后，能离开这个讨厌的地方，离得越远越好。

一次，学校要开家长会，她跟母亲说，母亲出乎意料地答应了，她兴奋得一个晚上都没睡好。家长会那天，她早早地在校门口等待，母亲终于蹒跚而来，她笑容满面地走上去，迎接她的却是一句焦急的问话："你弟弟的教室在哪里，他也要开家长会，你快领我去，快迟到了。"她仿佛被推到了地窖里，浑身冰冷，她在母亲离开的时候哭了。

从此以后，她对父母再没任何奢望。作文课，只要与父母有关的作文题，她的内容就只有4个字：讨厌、憎恨。善良的老师想跟家长沟通，结果，她遭来的是一顿皮鞭。

没多久，家里的钱便遭偷了，母亲以为是她偷的，她被勒令在冰天雪地里站着，一动也不能动。恼怒的母亲，冲上来，便是两巴掌，问："钱在哪？"她说她没偷。罚站了一个晚上，她仍然坚持说："我没偷。"

她是在化雪的凌晨，离开了这个家。那一年，她才十四岁。身上只有五毛钱。

她走了整整两个月才到北京。累了，就在别人的檐下小睡一会儿，饿了，就从垃圾桶里拣些别人没吃完的面包和馒头充饥。因饥寒交迫，她到北京后不久，便晕倒在一所大学门口。是一个好心的大学教授收养了她。后来，她便成了这个新家的养女。

教授送她读高中，读大学，每一天都对她极尽关爱，而她也懂事地回报着，她从小被撕裂开的心伤，正慢慢地愈合着。

大学毕业后，她进了一家外企，五年后，她有了自己的公司，有了属于自己的房子和车子。这些年，她从没和老家联系过，她以为自己能云淡风轻了，直到有一天，她在街上遇到了曾经的伙伴，伙伴惊讶地问："你没遇到你父亲，他在到处找你，听说这些年，你母亲一直都在为你的事而自责，她病得很重。"她咬着嘴，没说话。回到家，却哭得昏天暗地。她控制着不想，父母的印象却清晰地屹立在记忆深处，挥不去，摸不尽。

她一眼就从人群中认出了一身布衣的父亲，父亲这些年明显老了，老态龙钟。父亲说："你弟弟辞职了，你能不能帮他安排一份工作？"她的笑凝住了，一双手僵在半空中。

曾经的疼又涌上心头，她很想大声责问父亲，要不是因为弟弟，她怎么会有那么悲惨的童年！看着可怜的父亲，她不忍心说。

父亲是在第二天早上走的，她没去送，她想，她的内心里一直没有原谅弟弟。后来，父亲又来找过她两次，每一次她都躲着不见。

知道母亲发疯的消息，是在三个月后，那时北京下着很大的雪。她的心，一如雪的慌忙。养母说："你回家去看看吧。也许情况不是你想的那样。"回家的路上，她给弟弟打了个电话，那头，弟弟一声声姐姐地喊着。她以为自己已经铁石心肠了，通话的刹那，她才明白，原来她心中那块脆弱的冰块，早已融化。

母亲拿着她最爱的文具盒在房间里舞弄着，嘴里一遍遍念着她的小名，就在所有人都劝她不要靠近时，她却扑了上去，用尽力气哭着喊——妈，我回来了！

那一声妈，让所有人泣不成声。母亲也停止了动作，继而转过头，笑："闺女，你终于回来看我了，我足足盼了你十三年。十三年啊，妈妈也错了十三年。"

叔叔拉着她的手说："其实，你弟弟本不是你父母亲生的。那年，我和你父亲出去挖煤，遇到塌方，一名好心的工人把我们送到了我们外面，自己却永远留在了下面。工人的妻子不久后也去世了，留下一个三个月的儿子，你父亲不忍心，便把他抱了回来。我一直想告诉你实情，你父母硬不让我说，他们怕你知道后歧视他，你母亲说，宁愿亏欠你，也不能亏欠他……"

她听不下去了，眼里一片晶莹。那个晚上，她左手牵着弟弟，右手牵着母亲，睡在一张床上，母亲的头斜斜地靠在她的肩膀上，发出轻微的鼾声。

父亲说，这么多年来，他是头一次看见她母亲睡得那么踏实，那么甜。

后来，她嫁给了一个教师，她对丈夫的两个弟弟出奇的好，如果别人不说，没有人知道她也曾经很受伤。

是啊，这个世界上，爱的方式有很多种，但不管如何选择，爱依然在，亲情依然在，就算暂时隐没在光阴之外，当需要时，它依旧能从冰天雪地里横空而出，长成最美丽的参天大树。